KB113282

어디서부터 오는 비인가요

어디서부터 오는
비인가요

윤의섭 시집

민음의 시 264

민음사

여전히 헤매고 있으므로
이제 조금 다가선 것일까

2019년 11월
윤의섭

차 례

작품 해설 | 조대한(문학평론가)

감염

이건 몸에 쓰이는 후기 혹은 가장 오래 이어진 필사여서
아프기 전에 이미 아픔의 절정을 알고 마는 참어(讖語)
같은 증세로 저녁의 구름은 노을을 옮겨 적는다
꽃 내음은 바람을 적시고 바람은 멀리 한 계절을 끌고
간다
그러니까 나는 네게 복제된 증상이다
비접촉으로도 너의 고통과 결합하는 방식
물들기 쉬운 내력을 앓고 있었으므로 너는 다시 내가
불러낸 처음
어느 살점 속에 말없이 뿌리내리다 떠나가는 유목은 흔
적을 남기지 않지
치명적이더라도 내게만 머물기 바라는 난치의 기억
내게서 자라나다 내 안에서 죽어야 하는 너라는 병
전이의 경로를 따라가 보면 달처럼 맴돌았다는 진단이
나올 것이다
한때 월식이 있었고 해독하기 힘든 천문이 새겨졌을 것
이다
온몸으로 퍼지는 불온한 증여를 들여다본다
여기에 어떤 병명을 갖다 붙여도 가령

빗방울에 스민 구름 냄새라든가

단풍나무가 머금은 햇볕의 온기라든가

어쩌면 네게서 너무 멀어져 알아내기 힘들지라도

나는 지금 징후와 후유증 사이의 중간계를 통과하는 중
이다

나는 아프기도 전에 감동했다는 것이며

물들었으므로 닮아 가야만 하는 의례를 따라

그리하여 면역이라는 영역에 들어설 때까지

불미

병실 창문에 비친 목련은 아름다웠으나

아름답지 않았다

눈을 떠 보니 옆 병상은 홀연 비어 있었고
며칠 뒤 때늦은 목련 한 송이가 수줍게 피어났다

머리맡에 놓인 묵주에선 그럴 리 없는 생향이 흘러나
오고
멀리 언덕을 오르는 노인의 엷은 숨소리까지 들리는 듯

나는 지극해진 것이다

벤치에 앉아 병동을 그리는 소녀의 풍경화에는
꽃 없는 꽃줄기가 창문에 머리를 대고 서 있다

전위의 날들이 이어졌다

카드

이 몇 장의 그림 속에 일생의 전모가 들어 있다
그림을 고른 건 나라고 책임을 전가해도
다가오지 않은 날들의 풍경이 고대부터 그려졌다는 거

조금 무서워요

아까부터 들려오는 음악은 사계였다
가을쯤에서 무너질 수 있다고 낙엽 같은 카드를 읽는다

떠나보낼 수 있다는 예언
생기지도 않은 일을 부정하는 건 생겼던 일을 부정하는
것이고

창밖엔 장대비였다 빗줄기로 지워진 길에 물길이 생기고
다시 지워지고 다시 그려지는 미래라면 내가 지워 버린 무
수한 길은 숙명이며 숙명이 아닌 일방 통로

그날
새소리가 들리면 좋겠다 싶었는데 새소리가 들려왔다

산길이었고 너는 언제부터 걷고 있었는지 모르는 표정
으로 걷고 있었다

같이 산을 오르면 좋겠다고 생각한 적이 있었다

그만 울어도 좋겠다 싶었는데 새소리는 꺼지지 않았다

운

언젠가 당신은 이 운세를 보게 될 것입니다 절망과 포기
와 무책임과 궤멸의 때입니다 충분히 지쳤고 영혼마저 죽
어 갑니다 그래도 새벽엔 산책 삼아 걷고 싶었나 봅니다
물안개는 승천하지 못한 미련입니다 아직 지지 않은 달은
패착이었습니다 산책은 당신의 의지가 아니라 수순이었을
뿐입니다 저녁엔 창밖을 바라봅니다 눈송이들의 음계에는
후렴이 없습니다 녹아 사라져 갈 뿐 찬란한 후생이란 없는
것입니다 이제 당신은 쓰러질 힘조차 없이 어둠에 묻히고
물 밖에 나온 물고기처럼 질식의 아가미를 열어 놓은 채
명운이 다합니다

물고기자리
나는 예언이 이루어진다는 예언인 듯 산 것이다

꿈을 팔지 말아야 했다 손금을 믿지 말아야 했다 늦게
라도 잠들었어야 했다 결코 깨어나지 말았어야 했다 편지
를 쓰지 말아야 했다 일 분이라도 늦게 나가야 했다 우산
을 들고 나가야 했다 기차를 타지 말아야 했다 보지도 듣
지도 말하지도 말아야 했다 피할 수 없다고 믿지 말았어야

했다

제비꽃을 좋아하고 몽상을 즐긴다
소음인 체질이고 메말랐다
관운의 사주였다 나는
계획대로였을까

언젠가 당신은 다시 이 운세를 보게 될 것입니다 믿지
않는다면 믿지 않을 것이라고 쓰입니다 말도 안 된다고 하
면 부인할 것이라고 적힙니다 당신의 금전운 애정운 직장
운 학운 성적운 모두 지금과 크게 달라지지는 않습니다 그
렇게 살다 갈 겁니다 창밖에 눈이 내립니다 당신은 훗날
저 수많은 눈송이 중 한 송이입니다 찬란한 비상은 없고
질척이는 지상에서 파닥거리다 불운이 다합니다

샤먼의 저녁

저는 육 개월 전까지 사진을 찍었습니다
혼잣말을 중얼거리며 택시 기사는 노을 피어오르는 언
덕으로 차를 몰았다

이제 벗어날 때도 되었는데 말이지요

택시 기사의 뒷머리가 아까보다 길어 보인다
이 사람, 생시에서는 마지막으로 열었다는 사진 전시회
장을 아직도 서성이는 중이다

서쪽으로부터 서서히 조리개가 닫히고 있었다
유혼이라면 조만간 달의 능선을 넘을 것이다
택시가 지나갈 적마다 길가의 목련이 피었다 졌고
플래시처럼 가로등 켜진다
스스로 역광이라도 되어야 한다는 듯
봄날이 가는 속도로 풍경의 프레임을 빠져나왔지만

운전석에 서낭나무 한 그루 앉아 있다
결계에 갇혀 결계를 몰고

늘 액자에 끼워진 채 룸미러에게 겸연쩍은 말을 걸고
석양을 향해 펼쳐진 필름 다시는 현상할 수 없는
불귀 돌아가지 못하는 자 돌아오지 못하는 자

저녁의 봉합이 끝나 가도록 내게 진혼의 신기(神氣)는 요
원했다

신비주의자

잎이 다 떨어진 감나무였는데 오늘 보니 갈색으로 바뀌어 간다

창밖에서 반년이 흐를 동안 나는 의자에 앉아 천천히 숙성되어 왔다는

좋은 말로는 그렇고 서서히 썩고 있었다는 불쾌한 시간성

감나무를 넘나드는 까치가 지난겨울 하나 남은 감을 파먹던 까치였는지는 불분명하다

나는 늘 의자에 앉아 창밖을 바라보고 있었을 뿐이다

창문의 안쪽과 창문의 바깥 중 무엇이 변하는 중일까

예전에 판명된 것이지만

소수는 내가 신비주의자라는 사실에 동의한다

동의하기 어려운 말을 해 대서이다

나는 굽어볼 줄 안다고 우겼고 나만 볼 수 있는 것들을 본다고 믿었다

나는 이상하거나 말도 안 되게 함몰된 자다

이건 다음과 같은 경험으로 증명되었다

달라질까 봐 서로에게 상처를 주었지만

달라진 건 없었다

감나무와 나는 마주 보며 동시대의 끝을 함께 살아가고
있다

서로 변화를 느끼지 못할 것이다

어제 머리를 잘랐고 새 옷을 사 입었고 살이 좀 빠졌고

머리카락이 빠져 휜해졌어도 알아보지 못한다

심장이 잠깐 멈췄었거나 가끔 넋을 잃고 있거나 며칠째
안 보였어도

무심하다 아파서 전화를 못 받았어도

아무렇지 않은 듯 밥을 먹는데도 모른다

감나무가 까치에게 마지막 남은 감의 속살을 내주는 계
절이 다가오듯

우리는 서로 변함없이 마찬가지일 것이다

이 정도 섭리는 안다

착각의 연금술

새벽에 처음 들어 본 새소리는 새소리였는지
어둔 밤 가지가 흔들리는 수양버들인 줄 알았는데 수양
버들이었는지
얼핏 스쳐 간 얼굴이 그 얼굴이었는지

분명 언젠가 본 장면이고 잠시 뒤 무슨 말을 할지 아는
선견도
이 세상에 대한 건 아니다

원본이 어떤지 알려면 일생을 살아 봐야 한다

물과 불과 흙과 공기로써 나인지
물과 불과 흙과 공기로 나인지

믿고 싶은 대로 믿는 게 사람이어서 슬프면 슬프고 싶어
서였고 그리우면 그리움이 앞서서였고 그런 감정
없었기 때문에 생기는 고통
대문 앞에서 집배원이 죽은 자를 부르듯 이름을 부르다
조용해진다 부재중 메모를 남겼으므로 나는 어딘가에 재

중일 것이다 살아 있다고 느끼다 증명할 수 없다고 느낀다

봄이었고 나는
떨어지는 꽃잎인 줄 알았는데 나비였다

영원 다양성

잘못 들어선 길은 가파른 내리막길

길가에 늘어선 사과나무를 보다 절벽으로 추락해 죽은 지 보름 만에 발견된 친구와 산숲에 들어갔다 한 달 뒤에 시신으로 돌아온 친구와 횡단보도를 건너다 운명한 친구가 한꺼번에 떠올랐고 사과나무에 매달린 사과들은 왜 여기 열렸는지 영문을 모르는 표정

용서를 구할 일은 없었지만 용서를 구하고 싶었지 평지를 달리며 기우는 석양을 보며 지금까지만 치자면 영원을 사는 중이니까 모든 게 마지막인 거지 간밤의 주정도 아침에 먹은 국과 밥 한 그릇도 좀 전의 주유도 카드 계산도 또 보자는 말도 건강하라는 말도 순산하셨다는 말도 명복을 빈다는 말도 마지막이었던 거지

마지막 이후에도 마지막이 끝없이 이어지는 나날 영원만 영원한 것은 아니라고 우겨 보는 거지 이 길 끝에 도착지가 있을까 다가갈수록 멀어지는 고개 멀어지는 구름 멀어지는 달 멀어지는 사람 길을 나설 때부터 잘못 들어선 거였지 영원의 끝은 언제쯤일까

장례식장이 보였고 몇 번은 와 본 느낌인데 인간에겐 죽음만이 영원하다고 말해 주던 인간이 처음 가는 길을 떠날

채비를 하는 곳 영문을 알 수 없었지 받을 수 없는 용서를
받아야 했지

　좀처럼 가까이 갈 수 없었지 영원 바깥으로는

당신이 잠들었을 때

덮여 있는 책은 자기 몸을 읽는 중이다

먼지 같은 묵독이었다

서랍 속에서 오래 묵은 만년필은 스스로를 쓰고 있다

쉽사리 사라지지 않는데 너무 아프다

아무도 다니지 않는 길을 걸으며 길은 자꾸만 눕고 싶고

죽다가 동사인 건 계속 죽고 있기 때문이다

지난밤 유성을 보았고 장례식장에서 유년에 대한 잡담을 나눴다

언젠가는 아프지 않을 것이고

신의 길을 따라간 순례자가 도착한 곳이 이 별이라고 적혀 있는 경전대로

지구를 찾아 나설 것이고

누군가에게 잊히고 나면 끝없이 살 수 있다는 용서

당신이 잠들었을 때 잠은 잠을 자야 했고

깨어날 때까지 몇 번이고 천문을 정독했고

생존이라는 말 쓸쓸하다

가로등이 꺼지는 시간

당신은 아직 지구에 도착하지 못해서

경전 어느 페이지쯤에선가 헤매는 꿈에 젖어 들고
나는 빨래 건조대를 비워 놓는다

청어

버스를 기다렸으나 겨울이 왔다
눈송이 헤집어 놓은 생선살 같은 눈송이

아까부터 앉아 있던 연인은 서로 반대 방향을 바라보고
있다
저들은 계속 만나거나 곧 헤어질 것이다
몇몇은 버스를 포기한 채 눈 속으로 들어갔지만
밖으로 나온 발자국은 보이지 않았다

노선표의 끝은 결국 출발지였다
저 지점이 가을인지 봄인지 지금은 알 수 없다
눈구름 너머는 여전히 푸른 하늘이 펼쳐졌을 테고
먼저 도착한 사람들의 시간은 좀 더 빨리 흘러갈 것이다

끝내는 정류소라는 해안에 버스가 정박하리라는 맹목
뿐이다
눈의 장막을 뚫고 나오기를

기다린다는 건 기다리지 않는 것들을 버려야 하는 일

등 푸른 눈구름이 지나가는 중이다

국적 없는 눈송이들의 연착륙이 이어졌고

가로수의 가지들만이 하얀 속살 사이에 곤두서 있다

버스를 기다렸으나 이 간빙기에서는 쉽게 발라지지 않

았다

고비(苦悲)

비가 내리는데 실은 비가 오진 않아
내심으론 늘 낙하지점이 생겨났고 피할 수 없이 젖어
드는

착각이라고 알면서도 비를 내리게 했다
한 번도 스스로 내린 적 없다는 듯이 어리둥절한 표정
으로
이 세상의 것이 아닌 물기가 언제부턴지 모르게

긴 밤이 필요했다 내 알기로 물방울의 심장이 소진하는
비구름은 충분히 고통스럽다
나는 내리지 않는 비와 이명이 만들어 낸 눈물 사이에서
여전히 너를 겪는 중이다 긴 밤이 필요했다 소진은 충분
히 고통스럽다

이계를 사는 사람이란 이렇게 잊혀 있다 누군가 떠올린
다 쳐도 누군지 모르는
사람 비의 사막에 살며 유리창에 소라귀를 대 보는 사람

영역을 알 수 없다는 고비라는 사막도 있지 끝없이 번지는 중이기 때문이겠지 이 생존은 어떻게 죽지 않았을까라는 우문에는

　미안해 나는 죽어 가며 사는데 이 말이 대답으로 들리면 도망쳐야 해 나는 아직도 비를 뿌리고 있어 메마를수록 잠기고 침몰하고 쓸리고 네가 종말처럼 사라져도 접시를 닦고 청소를 하고 빨래를 널고 라디오를 켜고 베개를 가누고 사막화는 격렬해지겠지 오지 않는 빗소리를 강제로 볼륨 높이고 영원히 비가 올 거라는 일기 예보를 믿는 거지

　그런데 내가 미라가 되어 가도 비는 오지 않는다
　지극은 어디까지 요구하나

스산

몰락은 모두 서사적인데 나는 그런 예에 속해 있다

사태를 파악할 틈도 없이 절정에 오른

단풍, 고도의 새, 노을 따위가 동류항에 묶일 수도 있겠지만

그러나 나는 시계를 믿지 않는다 이미 오래전의 내일이 다가오고 있는 이 시계를

아무래도 몰락은 일회성이어야 했다

하루는 우수수 떨어진 국화잎을 보다 떨어져서도 가지런히 생전의 꽃송이를 따라 원을 그린

섬뜩한 미련을 보다

한없이 스산해지는 것이었다 죽은 뒤에도 남은 기억이란

다만 몰락의 깊이를 가늠해 볼 수는 있다는 것인데 지옥이 최후의 단위라면

언제 어디서부터라는 신의 좌표를 찾아 헤맬 수밖에

아프라면 아프지요 곧 끝나 버릴 일은 대개 극단으로 치닫지요

붕괴 중인 가을의 노란 발음 나는 그런 예의 일종이다

지평에 닿는 모든 길이 좁아지는 것처럼 나는 누군가에게는 소실점이며

끝장부터 거꾸로 읽어야 하는 책이며
몰락은 모두 수직적인데 낙엽도 하관도 유성도 사라져
사라져 가고 몰락과 소멸 사이는 스산하다
그나마 감정이므로 인간적인

신비성

한 번도 들어 본 적 없는 노래를 부르므로 순간 내가 아는 세상의 모든 음악이 한꺼번에 떠오른다

뒤섞인 음률의 총체성이란 폭음을 넘어 고요에 가깝다 그러니 조용히

따사로운 햇살보다 조용히 침전 중이라고 여겨 줘 이제 마지막 남은 인류인 것처럼 흥얼거리는 노래는 어떻게 사라지는가 별들은 울면서 태어났을 것이다 별을 바라보면 잊혀 간 노래가 들리기 때문이다 스스로의 심장을 향해 침전하는 노래

영원에 대한 만가라고 하자 이 서글픈 애도의 또 다른 이름은 질식

가을날의 가로수는 질주하고 또한 메말라 갈 뿐이니 한 번도 들어 본 적 없는 절규를 매달고 있으므로 미안하지만 신비롭다고 여길게 그러니까 행복하지는 않다는 거 신비는 다가서면 달아나 버리니까 멀리 바라만 봐야 하는

신기루에 대해 오래된 이야기들은 결말을 맺지 않지

사막을 떠다닌다는 호수가 나오는 대목에서는 지상의

것이 아닌 음악이 들려오지 그런

　노래를 부르므로 나는 이 지구에서라면 언젠가는 끝내
야 하는 삶과 사랑과 노래의 친연성을 믿기로 한다 그러니
신비하게
　처음 보는 일식보다 신비하게 사라지는 중이라고 말해
줄게 노래가 어떻게 끝날지도 끝내는 알 수 없겠지

차이

이제 반나절을 운전하여 가닿을 곳은 남해의 어느 해안
단풍의 생장점 너머로 짙은 가을 구름이 드리울 때

지상과 하늘처럼 모든 차이는 우울하다
여긴 이런데 저긴 저렇다

그러나 이 속도로는 지금을 벗어날 수 없다 너무 느리게
미쳐 왔고 너무 느리게 상처 입었고 멀쩡한 줄 알았고 질
주해야 할지 몰랐고 어느새 국도의 반열에 합류했을지라도
　읽다 만 책이었다 결말을 미루고 싶어서 종지부는 내 몸
이 묻힌 봉분으로 찍고 싶어서 길은 도계를 지나고 있었다
냄새가 달랐다

저게 적산가옥이에요 집은 찌푸린 표정을 짓고 있었다
적의 재산이었던 가옥이라니 시든 몸으로 가혹한 이름을
버티고 있다 나는 어떻게 남겨진 몸일까 너로부터 시속 백
킬로미터의 망명은 성공할 것인가 늦잠을 잤다 비행기가
날아갔다 일부러 깨지 않았으면서 그래서 놓친 거라고 위
안하면서 나는 남해를 끌어안기로 했다 나는 너무 빨리

늦었다

  해안이 떠올랐을 뿐이다
  다른 세상의 끝이 떠올랐어도 마찬가지였을 거고

  해안으로 들어서는 길은 외길이어서 정점을 찍고서야
돌아설 수 있다
  돌아서지 않으면 길은 없다

  더 달라질 것인가라는 의문은 달라지지 않았는데 멈추
고 싶은 마음엔 가속도가 붙는다

  반나절이 지났지만 계절이 바뀌고 있었다

닮

어느 화랑에 걸린 우울한 초상을 닮은 달
지는 햇살에 눈을 찡그린 오래된 사진의 표정을 닮은 달

몇 년 전에 똑같은 얘기를 나눈 것 같았는데
이 카페는 오늘 처음 와 본 곳이다
마주 보고 앉았지만 마주 대한 건 내심이었다

창밖으로 문득 내 뒷모습이 지나간 듯했다

우리는 지나온 날의 모든 순간을 닮아 있다고 하마터면
소리 지를 뻔했다
과연 공포를 닮았다는 건가
테이블마다 놓인 냅킨 한결같은 메뉴 모태가 같은 머그
컵 모두
비슷하길 마다하지 않는데 다르다면 처음부터 달랐다면

이란성 달이었을 것이다 서로 따로 바라보고 있는 착각
의 달

아이스크림엔 소금도 들어간대요 더 달라고

정말 달아져요 정반대 맛인데

단맛을 닮은 거겠죠 완벽히 달라야 닮아 갈 게 더 많은

거니까

커피에 비친 두 개의 달을 한 모금씩 삼킨다

조금 더 닮아 간다

느낌

어렴풋한 것만큼 분명한 것은 없다

도저히 빠져나가기 힘든 상태에 놓였을 때 별과 같은 침묵이 찾아왔다

동경 표준시는 늘 생체시보다 빨랐으므로 결단은 이루어지지 않은 예언일지라도

두려워지는 중이다

기억은 쌓이는 것이 아니라 자라는 것이어서 지워도 지워지지 않아

목덜미에 찰싹 달라붙은 불길

파국의 노래를 담은 경전을 암송하는 바람의 혀

유리창의 장면은 늘 같은 꿈이었고

내일도 모레도 여기 앉아 있을 거라는 생각이 서서히 뚜렷해져 온 생시라면

둘 중 하나는 깨어 있었다

아릿한 심장의 맥박은 처용의 춤 살갗을 에는 바람은 에
우리디케의 절망
어떤 느낌은 신의 영역에 속해 있다

종용당하고
순간 소스라치고
살짝 동의라도 할 뻔한

영원에 갇힌 구름 그림자가 산등성이에 정박해 있다
마비도 풀리기 전엔 느낄 수 있는 모든 감각이다

편도에 들어선 어느 날

내상

상처는 아물고 상처는 죽는다

상처는 입을 닫고 상처는 귀를 연다

씻어 주고 약을 주고 후일담을 들려주면 자라다 만다

쓰라리다 잠잠해진다 더는 호소할 일이 없어서

상처는 기억을 봉합한다 상처는 묻고 묻힌다

상처엔 입김이 스며 있다 한숨이 들어 있다

찢어진 속살은 처음 하늘을 보았고 바람의 온기를 느

꼈고

은은한 상흔은 달빛을 닮은 것이다

상처의 내력을 거슬러 오르면 태초에 가닿는다

어떤 상처는 세속적이다 어떤 상처는 성소다

발목에 사는 상처와 어깨부터 손가락에 새겨진 상처를

이으면

나는 상처의 집에 기숙하고 있다

얼마 전 입은 내상과 함께 산다

이번 내상은 결코 죽지 않을 것이다

하늘도 바람도 달도 없는 세상에서 하늘도 바람도 달도

없는 세상을 거느리며

상처는 상처만 남은 몸을 삼키고

밖에선 짐작조차 할 수 없었던 고통을 피우고
고통만 남았으므로 고통스럽지 않은 고통으로

전열(戰列)

얼마나 견딜 것인가

가을나무 역시 전열을 가다듬는다 격정적으로 암울해
진다

무너지면 그리웠다는 듯이 파국을 주겠지

기억의 후방으로부터도 외면당했다는 생각

제 이야기가 끝난 지점에 묻힌 관처럼

모든 말단에는 적막이 있다

그러모을 수 있는 것은 낯선 기대뿐

머지않아 누선이 뚫렸다는 소식이 전해질 테고

두려워 전율이 일 테고

그때마다 낙엽 지듯 철새의 아치가 흩어지듯 태양계의
행렬이 끊어지듯

최후에는 모래의 점성일 수밖에 없는 난망

물러서지 않았으며 뒤돌아서지 않았다고 적힌 일지만이
붉게 물든다

죽음을 내놓으면 상냥한 죽음을 먹여 주겠지

쏟아지다 멈춘 폭포가 여기 있다

펼치다 꺾인 날개가 여기 있다

다가올 날의 시간이 모조리 모여들어 영원 너머에 이른

듯 순식간에 늙어 버린다

몇몇은 비장했지만 사실은 이번 세상에서는 비운이었다

파편

무의미해졌다는 결론에 이르렀고 이미 전혀 다른 종족
이다
  돌이킬 수 없는 조각들의 날 선 모서리는 어리둥절한데
  떨어져 나와서는 모두 죽음 이후였기 때문이다

  이 생존은 긴 발작이다

  꽃을 살리기 위해 살충제를 뿌리는 나날
  얼마나 죽어야 아름다워질 수 있을까

  복원을 포기하면서도 매번 떠올리지
  떠올리지

  낙원의 방향은 이후가 아니라는 것 사방으로 흩어질 때
원형으로 퍼지는 건 남들보다 멀리 가기 싫어서고
  언제까지인가에 대해 생각해야 할 불가능한 시간만이
생겼을 뿐이다

  낙엽도 빗방울도 눈송이도 입 밖으로 튀어 나간 말도 느

린 눈물도 벤치에 수그리고 앉은 몸도
　　지구도
　　성하도

　　끝내는 숭배의 자세다

모호

능소화가 피어서 여름은 고사 중인데
문득 지워졌던 간밤 꿈의 한 장면이 떠올랐고

아는 사람이 죽었다는 소식이 곧 들려올 것이다

이건 불확정성의 원리와 같아서

능소화를 운동량이라고 할 때 이 계절이 되도록 죽을
사람이 사는 위치는 정확한 파악이 불가능하고 모르니 생
사도 모르고

꿈이 지워지지 않았다면 꿈은 내 안에 위치하고 있으
므로 아는 사람이 살아 숨 쉴 운동량은 여전히 유지될 것
이다

이를 다른 방식으로 유도하면 여름이 말라 죽는 행위,
그러니까 운동의 가속이 벌어지지 않으면 능소화는 담장
위라는 절정의 장소에 놓이기 어렵다 결국 능소화가 피어
있는 위치와 아는 사람이 죽는 행위, 다시 말해 운동량과
의 관계는 인과성을 초월한 것이므로 만약 능소화가 담장
위에 피지 않았다면 가을이 오기 전에 부음이 전해질 가
능성은 희박해지고 그 반대의 가정도 타당하다

이 해를 정리하여 능소화 운동량과 꿈의 위치와 여름의
운동량과 죽을 자의 위치는 생각보다 질서 정연한 물리적
법칙을 따르는 것이 분명한 이상 서로가 서로에게 영향을
주고받는 끔찍한 결과를 파생시킨다고 봐야 한다

정말 죽을지는 모호하다고 하겠지만
모호는 막(漠), 즉 십의 마이너스 십이승의 십분의 일이
되는 수, 즉 십의 마이너스 십삼승인 수다
적어도 아예 없을 일은 아닌

흐린 날에 갇혀

기후엔 늘 예민하였다
가령 일기 예보라는 가장 새롭고 비인위적인 뉴스에 끌
리는 것인데
간빙기를 사는 운명은 시한부에 익숙하다
화창한 날은 오래가지 않았다

날씨를 상징으로 만든 건 샤머니즘도 신비주의도 아니다
겨울은 고난 봄은 희망 눈보라는 시련 단비는 쾌락
날씨에 인간사를 빗대 놓고 우린 더 이상 설명하지 않
는다
항상 바뀌는 날씨는 사람의 일생과 닮았으므로

다만 언제 끝날지 모르고 끝없을 것만 같은 날들이 이
어질 때
길고 긴 슬픔의 장마에서 벗어나지 못하거나
찰나라도 영원한 듯 저미는 이별의 혹한을 사는 중이
거나
메마른 가뭄의 땅을 맨발로 걸어야 하는 절망이 이어
질 때

어떤 날씨는 죽어서야 바뀐다
그러니 깨지지 않는 상징은 죽음에 가깝다

며칠을 자고 일어나도 두꺼운 구름에 뒤덮여 흐린 날이다
삶 쪽으로 벗어날 수가 없다

신비

1. 신비의 근황

소식을 접했을 때
서둘러야 한다는 목소리가 들렸다

이건 너의 의지이다
속삭이면서도 단호하여 내게만 들렸다고 확신할 수밖에
없는

떠날 채비를 마치자 겨울이 왔다 가져갈 것은 오직 눈보
라를 꿰뚫어 볼 눈동자뿐이라는 듯

두고 가라
명령입니까

더 이상 들리지 않는 목소리를 따르기로 한 건
몇 번의 계절을 거칠지 몰라 골고루 집어넣은 옷가지와
세면도구와 노트와 읽지 않을 것이 분명한 소설책 한 권

정도의 여행 가방 목록이 무거워서가 아니었다

길을 나서야 할 운명의 목록은 하늘을 뒤덮은 눈송이보다 기껏해야 한 칸 정도 모자르다 죽음 이후에 대한 칸은 비어 있었고 스스로 정할 수 없는 두 기념일 사이에서 내 생은 무수하였다

이적한 거겠지요 택시 기사는 통화 중이었다 왜 옮겼는지는 가 보면 알겠죠

나도 모르는 생이 있었는지 소식만으로는 알 수 없었다 기억은 달 같아서 스스로 빛나지 못하니까 죽어 간다는 끝말에 나는 지금까지 우울한 기계였다는 사실을 안 것이다

찾아가 봐야겠지요 택시 기사의 목소리가 낯설지 않다 계시는

어두워진 도시에 잠입하는 눈송이처럼 은밀하다

하루 종일 불안했지만 늘 앓던 증상이었다

2. 초대받은 사람들

또 하루 지났다 나는 정작 갈 데를 모르고 있었던 것
이다
보낸 곳을 알 수 없는 소식이었으니

무책임합니다 너도 그렇게 살아왔냐는 힐난을 무시한
적 있었기 때문입니까

어떤 삶은 방임되었다 거리에서 다 늙었다
배회의 끝은 언제나 용납이었고

왠지 끌려
아무 곳도 아닌 곳에 도착해서 아무 관계없는 사람들
틈에 서 있지만 꼭 경유해야 할 곳이라는 느낌 이 사람들
은 미래에 있었던 것이고 이들에게 나는 다가올 과거였고
고궁의 담장에선 끝내 견디지 못하고 깨져 버린 벽돌이 여
전히 담장을 지탱하고 있어 여기 며칠 더 머물려고 해 어
디로 갈지 알려면 지나온 길을 돌아보면 돼 연락은 잠시

끊을게

소식을 들었다면 초대받은 것이다
얼마나 수줍은 누설인가

방금 스쳐 간 사람도 초대를 받았다
횡단보도 건너편에도 한 명 서 있고
다른 한 사람은 도시 귀퉁이 어느 술집에 앉아 있다

모두 목적지가 제각각인 동궤에 와 있다

3. 누구에게나 전조

저녁의 골목에서 바람에 휩쓸리는 신문지 소리를 듣고
있을 때
택배로 온 상자 속에는 모래 한 줌이 들어 있었다
편의점 문을 나서는데 아구찜 팔던 식당은 부대찌개 집
으로 바뀌었고

방금 산 담뱃갑은 비어 있었다

사라진 날들이 있다고 믿고 싶어도

복원할 이유도 없는 흔한 날들이 이어졌다

문득 집어 든 신문지에는 오늘 날짜가 새겨져 있었다 한
참을 되돌아 온

반복을 반복하여 아스팔트의 퇴적층이 쌓이고 옥상에
옥상이 올라서고

무덤 위에 무덤 산꼭대기에 바다 인공위성의 잔해가 표
류하는 대기권의 제국

어디 갔다 왔냐는 말에 잘 살아왔냐고 말해 준다

몇 번을 다시 시작했는지 모를 연대기의 끝에서

소스라치며 깨어나던 꿈의 끝자락에서

택배로 온 모래가 모래가 되기까지의 잠깐의 간극을 평
생 살아가는 중이라고

말해 준다

다음 꿈에선 나이를 조금 먹었겠지

자주 현란하였다

4. 선연

그건 앵두나무였다 앵두 한 알을 따면 수백 알의 앵두
가 눈을 떴다 발랄했던 강아지 이름은 해피 지붕에 드나드
는 쥐를 못 잡아 안달이던 고양이와 장난치다 밥그릇 엎기
일쑤였다 자주 놀러 왔던 녀석은 책 빌려 가는 재미가 붙
었다 책귀신이라고 별명을 불러 주면 환하게 웃던

그들은 모조리 죽었다

돌려받지 못한 책에는 신비하게도 잊어버린 기억이 모여
사는 마을 이야기가 나온다 잘 보존되어 있고 잘 살고 있
다 기억은 중립적이어서 불행하지도 행복하지도 않다 때론
자신의 기억을 찾아 마을에 오는 이도 있다는데 결말엔 이
렇게 적혀 있다

사람이 기억이다

그러니까 궁극적으로 신비라는 수식어는 비극에 어울린

다 신비한 질병 신비한 고통 신비한 아픔 신비한 죽음 지워진 기억은 신의 비밀에 속해 있다 기억할 만한 기억도 사라져 버리면 안 되어서 떠나보내고 그조차 잊는다

누군가 생을 마감할 때면 마을에서 소환되는 기억도 있다

너 나를 생각해 낸 거니
방금 전까지 잊고 있었는데 삼십 년 전 마지막으로 본 그녀 얼굴이 뚜렷이 떠오른다

너 지금 죽었니

5. 주말의 명화

지워지지 않는 장면이 있는데
어릴 적 보았던 서부 영화에서 여주인공이 애절하게 남자를 바라보는 그 얼굴
순수하고 가녀리고 지금도 설레는

흑백영화인지 금발인지 모르겠고 제목도 알 수 없어

애꾸눈 잭일 것 같았지만 커티 주라도가 비슷한 표정으로 나왔지만 아니었다

셰인 관계의 종말 무숙자 장고 튜니티 석양의 무법자 서부영화는 아니지만 진홍의 도적 바라바 뒤져 봐도 기억 속에 사는 그녀는 없었다 영원하려면 찾지 말라는 듯

어느 도시도 아닌 어떤 도시도 아닌 도시에 숙박 중이다 그리고 기억에 대한 끝없는 글을 쓰다 창밖을 바라본다 작년에 이어서 눈이 내린다 시간은 봄부터 가을까지 늙다 잠시 멈췄다 나는 갑자기 어린아이였다가 청년이었다가 한다 저렇게 하늘이 무너져 내리는 적멸 필름 영화처럼 긁힌 상처가 흩날리고 거리의 소실점으로 빨려 가는 남자와 여자의 뒷모습 내게 남을 최후의 장면은 눈을 감은 설원의 지평선이다

내가 실종되었다는 소식이 들린다 나는 그 장면에 있지만 그 장면에 없는 사람 별은 수명을 다해도 별이 되고 저

녁이면 다시 살아나는 가로등의 영생은 말하자면 유목 신
비하지 실종은 불멸에 이르렀다는 거

도시는 아련해진다 엔딩

6. 가까워진 경계에 서다

앞서간 자의 발자국을 뒤덮은 눈밭을 걸으면

내 어느 발자국이 희미하게 겹치고

걸어다니는 존재의 기억은 기억에 망각된다

가 보지 않은 길을 걷는 중이므로 나는 나에게 예언

설국에서는 눈 한 송이마다 영토다

전위의 달빛을 묻으며 눈이 쏟아져 인간계 지워지다

두려움은 일어날 일 때문이 아니라 일어난 일 때문에 생긴다는 것을

설국에 적힌 생의 기록이 사라지면 나는 무겁의 국경을 넘어설 것이다

눈밭에 발자국을 찍는 것은 점안식을 치르는 것 같아서

살아난다 죽는다 살아난다 죽는다

바라건대

받아들일 용기를

7. 핍진

같이 바라본 별자리를 나는 잊었다

밤하늘에 쓰인 신화를 읽어 주며 느끼던 얼굴과 숨결과
체온을 잊었다
　너에 대해 가난할수록 너에게 가까워지리라
　텅 비었으므로 기진하여 아무렇게나 별들을 잇는다

　천문학에 따르면 지금의 우주는 두 평행우주가 충돌하
여 다중 접점에서 파생된 입자들로부터 탄생했다고 한다
시간은 그때부터 시작되었고 지금까지 우주는 광속으로
번져 가는 중이라고 허블 망원경 덕분에 우주 생성 초기의
빛을 보게 되었다는데 우린 백오십억 년을 달려온 빛의 후
예라는 게 밝혀졌지만 나 죽으면 몸에서 빠져나간 입자는
다시 얼마나 가야 하는지 그러다 지금의 우주 이전에 있었
던 우주는 어떻게 생겨났고 그전에는 또 그전에는 어떻게
생겨난 것일까 궁금해지다 왜 생겨난 것일까가 더 궁금
해지는 것이다

　핍진(乏盡)했다
　그러므로 핍진(逼眞)했다

이 길의 극단까지 가야 한다는 맹목의 기원은 알 수 없다
우주는 원래부터 있었다는 결론으로 대신하기로 했지만
기다리고 있을 것이라는 맹목의 끝을 나는 안다
좀 전에 생긴 별자리가 인도하는 전방위로 향한다

8. 영원의 하루

그날 돌이킬 수 없는 사상의 지평선에 들어선 것이다
　기억의 중력에 이끌려 바람 따라 한 방향으로 휘어진 갈
대처럼
　지그재그로 날아가지만 그 항로가 꽃과 꽃 사이를 잇는
최단 거리인 나비처럼
　온 것이다 오래 걸렸으나 오래되진 않았다
　기억에 다가갈수록 시간은 느리게 흐른다
　구름을 떠난 눈송이가 창가에 내려앉을 때까지 세상은
몇 번을 종말했던 것일까
　체로키 부족은 땅이 거대한 섬처럼 물 위를 떠다닌다고
믿었다

땅의 네 극점이 수정 천장에 밧줄로 묶여 있어

밧줄이 점점 낡아 끊어지면 땅이 물속에 가라앉는 종말을 맞이한다고

그러면 예전에도 그랬듯 신이 땅을 끌어내 다시 세상을 창조한다고

오늘 종말에 대한 꿈을 꾸고 눈을 떴지만 영원 속에서는 일 초도 흐르지 않은 하루

베란다에서 아침 햇살을 끌어당기는 어린 화초는 벌써 반백 년을 살았고

창가엔 눈이 쌓였다

기억은 그렇게 생존하고 있다

9. 기억들

뛰노는 기억들

슬퍼도 평화로운 기억들

더 자라지도 늙지도 죽지도 않아

시간보다 길고 시간보다 짧은 기억들

깨진 나날의 조각에 비친 수천의 달들

달뜬 얼굴 속삭임 손짓

개울가 낙엽 지지 않는 버드나무

빨래 소쿠리를 머리에 인 어머니의 노란 하늘

함께 수평선을 바라보았으므로

고백은 수평선에 대고 한 것이다

그대에 대한 기억은 나에 대한 기억보다 생생했고

기억해 내려면 다른 기억은 잊어야 한다

은밀한 공유는 둘이 거닐던 바닷가도

풍경 소리 흐르던 사원도 지워진

불가능한 배경을 떠돈다

영원의 기억에는 필멸이 필요했다

뛰놀다 잠든 기억들

부스스 눈을 뜨는 기억들 사이에

나 살았다

기억이 말을 걸면 이력을 다시 써야 한다

내가 아는 내가 아닌 내가 있는 것이니

10. 메멘토 모리

실은 처음이 아니었어
사라진 기억을 찾아온 게 이번만은 아니었어
오고 갈 때마다 오고 간 기록이 지워진 것
기억의 신이 선사한 배려지
잊지 않았다면 언젠가는 무너져 버렸겠지
그리하여 기억은 온전히 살 수 있고
기억의 뿌리로부터 나 역시 온전히 살 수 있고
살다가 또 어느 날 문득 지나간 시간을 찾아 나서겠지
미래는 기억이 만드는 거야
죽어 간다는 소식은 나에 대한 소식이었어
수수께끼지 누구나 기억하고 있지만 아직 생기지 않은
기억은
죽음

그런 거야 언젠가 새 세상이 만들어지는 듯 첫눈이 내리
는 날
괜한 그리움

설렘

공허

불가항력 같은 느낌에 휩싸인다면

소식을 받은 거지

삶은 여행을 떠나기 위한 준비지

물고기 풍경

네가 물고기로부터 진화해 왔다면
세월은 오랫동안 미끼였을 것이다

너를 끌어들이느라 첫 번째 달이 떠올랐고
다시 두 번째 달이 피어올라 꽃송이가 되고

카타콤 층층마다 별들의 심장이 묻혔다

밤 아홉 시 늘 아홉 시
산사(山寺)의 불이 꺼지고 적멸로 들어설 때이다
너는 얼마나 가까이 다가왔는가
얼마나 서성였는가

잊어버린 별의 좌표를 문득 떠올린 물고기 성좌
영겁의 궤도를 맴돌지만 지상에 보이지 않는 뿌리를 내
린 꽃 너는
세상의 모든 소실점

너를 만나기 위해 나는 또 얼마나 오래 역진화를 거듭해
야 했는가

가역성

담장에 새로 금이 그어졌다
자전거를 타고 가던 아이가 넘어지고
갑자기 입간판이 쓰러졌다
추가하자면 아주 잠깐 전기가 끊어졌었다는 정도

이 일들이 벌어지기 하루 전엔
담장이 무너졌고 아이의 무릎이 깨졌고 입간판은 고물
상에 놓여 있었다
덧붙이자면 작업 중이던 컴퓨터 문서가 날아갔다는 정도

오후에는 트럭에 치일 뻔했다
벚꽃이 떨어지지 않아서다
타지에서 온 듯한 누군가가 길을 묻기도 했다
운석이 떨어졌다는 소식을 들은 직후였다

고대인들은 신성한 행사를 치르려면 땅에 발을 붙이면
안 되었으므로
돌기둥 위에 제단을 쌓고 올라갔다는 학설이 발표되었고
오늘도 하늘에는 비행기가 떴다

여전히 일들은 벌어졌다

금은방 사장은 간판을 내리고 길고양이는 쓰레기봉투를
뒤진다

하교 시간에 맞춰 학원 버스들이 늘어섰고 비가 내리기
시작했다

그렇게 정렬되는 것이다 부연하자면 내일 때문이라는
정도

머리카락

차 한 대 없는 국도의 어두운 점막을 찢으며 전진 중이다

물만 줄 뿐인데 내리 가지가 돋는 행운목은 괴기했지만
비좁은 베란다에 어머니는 더 큰 화분을 들여놓고 싶
다고

뒷좌석에서 무성한 잎을 흔들며 웃고 있는 나무

화원에서 출발한 시각이 떠오르지 않는데
그새 더 자랐는지 방지턱을 넘을 때마다 머리카락이 자
꾸 눈을 가린다

행운이라는 희귀종을 몇 그루나 만져 보았나 그걸 따지
고 앉았으니
한심하다 안개마저 꼈고 어느새 여기까지 온 걸까
귀하다는 행운목 꽃을 보았으니 나도 웃고 넘어가야지
조금만 더

조금만 더 기다려 달라고 아직은 때가 아니라고 했지만

모든 유예는 이미 끝 이후에 접어들었다는 것이다

생신 잔치 가는 길에
무덤가에 저렇게 예쁜 꽃이 피었네
중얼거리는 어머니 말씀이 차창 밖에서 들려왔다

밀봉

기다릴 일만 남았지
충분히 고통스러웠으므로 시간을 거스를 수 있게 되었
거든
마지막 그대로 영원해진 거지
기억하는 한 서서히 숨 막혀 가겠지만
온기는 차단되지 않는다는 것이 이 우주에서 단 한 가
지 위로여서
너는 유일한 체온을 갖고 있지 고통은 사라지지 않으면
선물이 되는 거지
완벽해지는 거지
뒤틀어진 암흑의 선반 위에 올려놓고 경배하지는 않겠지
썩어 가든가 잘 숙성되든가
같이 순장된 물기 털어 버릴 수 없었던 먼지 살에 밴 냄
새 고독의 냄새로
은근해지든가 파멸에 이르든가
이 유폐는 비유폐의 날들을 봉인하는 방식
최후의 최초가 아니라면 열지 말아야 하지
꽃향기에서 꽃피지 않고
눈 내린다고 겨울이 도래하는 것도 아니지

이미 결과일 뿐이니

성지(聖地)는 과거형이므로 성스러운 것이니

어떤 계절은 천만번을 왔다 가도 이 온혈을 식히거나 덥

히지 못하는 거지

모운

그토록 붉게 물들었으나 아직 절멸에 이르지 못했다

따른다는 것은 두렵지 않다는 거겠지요

석양에 물들어 가는 구름은 이렇게 나와 같은 방식으로
고독하다

불가사의하게도 이 세계에는 너라는 중력이 있다

모운으로서의 순장

가장 치명적인 수순이다

그조차 간절히 소원하였을 뿐이고 나는 물들어 간다 붉
게 또는 검게

파묻히고 잊혀 갈 때 별이 떠오를 것이다

나도 모르는 환생은 몇만 번이고 있었던 거 같아요

인간의 언어로 말할 수 없는 생애로 잠깐을 산다

내가 이만한 영원을 떠올린 적이 있었을까요

내버려 줘요 나는 절멸로 치달을 것이다

늦가을 단풍보다 느슨하게 풀어헤쳐지고 단단히 여몄던
숨 흐트러지며

사라져 간다

따른다는 것은 빨아들이는 거겠지요

그러다 차갑게 식은 채 지평선 위에 남겨지면 글쎄요 내
가 그리워질까요

돌이킬 수 없는

예문이지

아주 평범한 성장기를 거쳤다는 것부터 단칸방을 전전
했다는 것

영화를 좋아하고 여행을 즐기고 한때 성냥갑과 레코드
를 수집했다는 정도

지독히 가난했고 잠깐 풍요로웠고 웃으며 슬펐고 슬퍼하
며 슬펐고 보이지 않아 미칠 뻔했고 미칠 것 같아 찾아 헤
맸고 오늘은 끝장을 내고 말겠다 오늘은 못 하겠다 다짐하
다 미루다 여기에 이른 빈약한 연혁

위는 누군가의 인생을 축약해 놓은 글이다 잘못된 부분
을 찾아 올바로 고치시오

예시일 뿐이지 별로 어렵지 않은

자막처럼 단풍 진다
자막처럼 달이 뜬다

꽤 오랫동안 낯선 풍경의 길 위에 서 있다는 생각 무수
한 언덕을 넘어왔으나 그것은 누군가의 무덤일 수도 있다

는 생각 마지막 언덕은 내 무덤이길

　가녀린 들꽃과 마주쳤지만 인사를 나눈 것도 같아 너였
니 동족이었니 우리

　예문을 모두 고치면 행복했다는 문장이 나올지도 모르
지 신의 답안에는 이 길이 신의 답안에 이르는 길이라고
쓰여 있을지도 모르지 다만 나는 갈대보다 휘청이는 갈대
후회하는 자는 쉽게 끝내지 않는다는 후기를 허공에 써 놓
고는 꼿꼿하게 말라붙어 온몸이 갑골이 되어 버린

　예시지

명리

같이 겪었는데 서로 다른 기억을 떠올린다
시력이 다른 두 눈으로 네 얼굴을 바라보는 것처럼
함께 살아왔지만 공유할 수 없는 연대

나는 쓸쓸함을 갖고 있다 아무리 맞춰 봐도 네겐 없는

*

삼십 년 전 얘기를 꺼낸다 이젠 그래도 된다 싶어서였겠
지만
실은 몇 번이고 들었던 얘기
그건 내가 널 저버렸기 때문이야 이 말을 꺼내지 않아
서 너는 늘 번복한다
사실과 다르고 너는 늘 유리했다

*

가을이었는데 겨울이었다
자두였는데 사과였다

약속이었는데 바람이었다
늦었는데 그게 끝이었다

*

단풍은 시작이 아니라 조금씩 죽어 가는 것이다
함께 바라보았지만 판독이 달라서
누군가에게 숙명은 빨리 오고 누군가에게 이 이상의 불
가능은 없다

너 좀 나눠 줘야겠다
내게 없는 연대에 네가 있었다면
이젠 너를 떠올려야겠다
아무리 맞춰 봐도 없는

섬

잘 안 보이다 점차 보이기 시작한다
눈동자가 별빛을 모으는 것이다

들어와서는 오래전 적어 놓았던 문장들을 읽었다
빛바랜 종이 때문이라는 듯 쇠잔한 광기들

어떻게 계속 견뎌요 사랑에 대해서는 아나키스트이고
자신에겐 알코올리즘인 사람 나는 나를 무너뜨리는 내게
지고 있다 절박하면 두 가지 생각만 하게 된다 처음 또는
마지막
　영원은 몇 초인가 영국 드라마 대사
　질문을 계속하면 신에게까지 간다 애니메이션 대사
　이 시대는 어느 시대의 기원인가
　그런데 그대여 별빛은 잘 모았는가

　문득 누군가에 대한 기억이 사라졌다는 생각이 든다
　섬 해안 발자국 파도 태양 가을 코스모스 그림자 얼굴
은 떠오르지 않는

저 문장의 끝과 오늘 밤 사이가 텅 비어 있는 것은

뜬금없이 별을 바라보았기 때문이다

나는 지금 나타났고 지워져 버린 누군가를 알 수 없이

그리워한다

그러므로 섬은 섬이다 가까워도 동떨어진

대사

아니면 주고받은 말

언젠간 사과나무밭을 가꿀 거예요

네가 사과나무밭에서 사과를 따고 있는 걸 방금 봤어

표랑

지구였다

눈을 처음 본 곳은

나풀거리는 얼음 결정이라서가 아니라 자유낙하가 신기한

지구였다

처음 사랑을 겪어 본 곳 지구였다

함께 눈을 바라보았고

혀를 내밀었다 겨울의 끝자락이 혀끝에 얹혔다

이 지구는 온갖 계절을 지나 겨울이 끝나갈 무렵인 일년 후로부터 흘러왔다

삼백육십오 개의 달과 태양으로 닻을 매달았어도 머물지 못하고

다시 사십이억 년을 맴돈다

지구였다

처음 본 곳

내 생애의 끝에서부터 떠내려 온 듯한 너를 만난 곳은

북극성 남십자성 카시오페이아 그 많은 별들 모두 아니고

지구였다

우린 집을 짓고 여행을 하고 산을 올랐다 그 이상은 걸어갈 수 없다

앞으로도 수백억 년쯤 떠돌아야 할 곳은

지구였다

당분간은 살아야 할 곳

우린 늙어 가면서 일 년 후의 눈송이를 혀끝으로 받아낸다

필담

그제야 완성된 문장인 듯 목련이 피었을 때
비가 내렸다 이날 목련은 가장 위험한 서술어였다
떨어지는 꽃잎은 소리를 내지 않는다 침묵은
스스로 초대한 종말 이후에 쓰이는 은유
화답을 요구하는 죽음이라는 진공
봄나무를 따라 한 줄 바람이 필적을 남기면 지상엔 꽃
무덤의 비명이 새겨졌다
누군가 우산을 펼치자 때늦은 눈이 내렸고
그것은 적절하게 고른 낱말이라고 할 수 없었다
계절은 이어졌다 대답을 들으려면 대답을 끝내야 했던
것처럼
봄의 종족들은 짧은 말줄임표를 남긴 채 사라졌지만
당신은 아직도 말이 없다 노을이 묻힌 자리에 몇 번의
밤이 젖어 들도록
말이 없으므로 나는 영원의 말을 늘어놓는다 공원엔 이
국의 언어 같은 꽃들이 새로 피어났다
달빛이 쓰인 뒤에 태양이, 열매가 맺힌 뒤에 겨울이, 사
람이 죽은 뒤에 천국이
모든 회답은 끝에서부터 시작된다는 이 증거를

당신은 전면 폐기 중이며

끝내 나는 다가올 날들에 대한 긴 후일담일 것이다

제 꼬리를 삼키며 간신히 연명하는 쓸쓸한 문장 그 무
한한

성간

별과 별 사이에서 별이 탄생한다

산책길에는 꽃들의 순례가 이어졌고

거리의 악사 앞에 놓인 동전인 듯 가로등 아래에 핀 꽃
은 영롱하였으나

그 자리가 누대의 묘지인 줄 이미 알고 있다

저 수만 송이 꽃들이 이 계절에 바쳐진 제물이라는 비
참을 눈치채기 전까지

스피커에서 새어 나오는 음악은 신음으로 들리지 않는다

봄비를 가장하여 우는구나 우산을 받쳐 줘야지

내가 방문할 때마다 너는 시들어 간다

자신만의 궤도를 돌고 있는

몸과 몸 사이라는 실존적 거리에는 끝내 좁힐 수 없는
접경지대가 있다

눈동자는 그러므로 더는 다가설 수 없는 석양 같아 슬
픔에 제일 먼저 반응하고

오래전 헤어졌지만 어느 길에서 갑자기 심장이 요동치
거나

일생의 추억이 일 초 동안 나타났다 사라지는 그게 도플
러 효과든 캐시미르 효과든
　요컨대 사이는 어딘가에 '있음'을 전제로 한 바다
　별을 보며 뱃길을 찾던 어부처럼
　너라는 별 또한 먼 항로를 돌아 다시 귀환해야 할 성간
의 끝

　여기 '있었다' 또는 저기 '있었다' 시들어 간 꽃들의 묘
비명
　사이는 사라지고 이제 서로 고독해지겠지

운주(雲住)

머물자고 했다
안식이라는 말에 무덤의 냄새가 배어 있더라도

지붕을 끌어안은 자세로 폭풍의 첨단을 견디는 일이란
좀 더 앙상해져야 한다는 것이다

버리거나 버려지거나 너무 깊숙이 흘러왔고

내려앉자고 했다
천불천탑 위의 적운 또는 너무나 가볍고 사소한 염원인
데도
지쳐서 흉터처럼 이물스러워서

우린 핏기 마른 심장을 포갠다

너를 떠올릴 때마다 인생 전부를 떠올린다
지상에 다가갈수록 종언에 가까워지므로

연착륙은 아닐 것이다

지경

하수도 공사로 골목은 시끄러웠다 거미줄처럼 펼쳐진 지하의 배관망이 모습을 드러냈고 그것은 물의 흰 뼈였다 유골을 수습하듯 흙을 털고 줄로 감싸고 조심스레 들어 올린다 냄새나는 물이 새어 나왔지만 곧 지혈된다 다른 골목에서는 배관도를 펼쳐 놓고 짚은 자리에 하수관이 없다는 소식이 들렸다 사라진 것이다 오래 묵은 하수관은 조금씩 몸을 틀었고 지반 깊숙이 잠적해 버린 것이다 한 시진을 파헤쳐 찾은 하수관은 눈부시어 등을 돌린 채 들어 올려졌다

밤에는 유성우가 보일 거라고 했다 궤도를 벗어난 별들이 최후를 맞이하겠지만 비껴간 몇몇은 지구보다 오래 살아남을 것이다 나는 별자리 지도를 골목길과 맞춰 본다

비문증의 날

모기가 아니라 문자가 날아다닌다고 풀이해 보면
이 증상의 덕목은 해독 불가능한 무정형에 있다

동공에 둥지를 튼 새들
홍채의 숲까지 날아가서는 잡히지 않는 암호가 되기도
하는

투명한 물속에 가라앉다 번지는 잉크이거나 산허리에서
흩어져 간 구름 아니
날개를 펼친 나비이거나 흐릿한 얼굴이거나
망막의 수평선으로 떨어지는 달을 바라본다
떠오르지 않는 기억 속에서 나는 여전히 소원을 빌고
있었던 게 분명했다
다만 주어가 불투명한 비문(非文)이었으므로
아무 일도 일어나지 않는 일이 계속 이루어졌다
나는 눈이라는 행성에 누군가를 두고 온 것이다
유리체의 곡면을 타고 나비는 대륙을 횡단하는 중이다
나비였는가 나비는 왜 잠들지 않는가
동공에 떠다니는 점문은 왜 꿈속에서만 읽을 수 있는가

눈물인지 핏물인지 구분할 수 없는 점액의 문자가 쏟아
져 내린다
　그러니 모든 빗줄기는 단 한 획으로 쓰인 서사시
　결단과 고통과 비극이 담겨 있지만
　읽으려 들 때마다 흩어져 버리는 음유

아, 눈

새벽에 눈이 온다고 예보하려면
시베리아로부터 흘러온 기류의 속사정부터 알아야 하지
한결 멀어진 태양과의 거리(혹은 그녀와의 거리)나 물의
기원(그녀의 계보)까지는 몰라도 되지
그보다는 구름 되어 쓸쓸히 무너져 내릴 눈물에 대한
카오스 이론을 터득해야 하지
인류가 습득한 기상학적 지식으로는 슬픔의 온도를 알
아내긴 힘들고
왜 벤치에 앉아 온종일 메마른 나뭇가지에서 최후의 수
분마저 증발시키는 햇살의 잔인성을 바라봐야만 했는지
대기의 습도(영혼의 물기) 따위 무시하고 구름의 방향
(심장의 곳)을 계산해야 하는 건 아닌지
눈이 포근할 거라는 생각은 수억 년 동안
지금 여기 내리기 위해 벌어진 온갖 기적이 눈송이마다
간직되어 있기 때문이지

새벽에 눈이 올 줄 미리 알려면
남태평양으로부터 흘러온 난류처럼 항상 애끓어야 하지
(애달아야 하지)

어떤 눈구름이라도 벌써 국경을 넘어섰겠지

간절하였으므로, 간절도 측정치에 넣을 수 있다면, 간절
하였으므로

그렇게 눈의 점문을 이미 읽었으므로

분(盆)

화초나 나무를 심는 그릇 같은 것인데 같이 자라지를 못해

뿌리의 밀도는 점점 높아진다 새로운 별들은 이렇게 생겨난다

어쩌면 식물계에서는 백삼십칠억 살이라는 우주의 나이만큼 늙었을 골동품

햇살이나 풀벌레 소리를 담았더라도 그러니까 사계를 품었더라도 몸무게는 그대로고

눈과 코와 귀와 입을 한곳으로 벌리고 선 이 애절한 몰두

그러니 이젠 차근히 말해 줘야겠다

언제 들어섰는지 모를 네 눈동자의 구름은 지평선을 종단하는 중이다

느리게 영원에 가깝도록 느리게 걷는 백상의 무리

귓속에 스민 파도 소리 따르다 재스민 향기에 취하다

어떤 날의 심사(心思)는 은하보다 난분분하여 갈 길을 잃을지 모른다

말해 줘야겠다 후생의 뿌리는 전생의 중력에 이끌리는 것

그러니 네 눈동자는 저녁 하늘에서 눈물을 가져온 것

이다

　네 몸에 동시에 담긴 생멸로 흙은 비옥하거나 비루해지고

　꽃이 만개하거나 꽃대가 고사하는 성쇠의 역사를 함께

품고 있는 중이다

　그러니 다시 말해 줘야겠다 너는 무덤 같은 갈증

　빗물이 스며들기 무섭게 배수구로 빼 버려야 하는 비정이

　네가 배고 있는 구근과 솜털처럼 부드러운 잔뿌리와

　여린 씨앗과 달의 숨결과 태양의 온기에 이르도록 모질

대로 모질어야 하는

　견고한 그릇 같은 것인데 같이 자라지를 못해 속으로 그

득하다

　비늘 모양 갈라져도 깨지지 않는

　이 안간힘을 따라 친구가 돈다

문을 열자 바람이 불어왔다

꿈결이어야 했어

창밖은 그림처럼 멈춰 버렸고 이렇게 고립

다행히도 책장은 넘어가 나는 어느 혁명가에 대한 이야
기라든가

비극적 종말을 맞이한 시인의 생애 어디쯤에 놓인 구절
일까

나는 살아 있다는 것인데 스스로 갇히기로 정했다는 말
엔 동의할 수 없어

자의와 자위가 같은 말이 아니듯 언젠간이라는 막연한
시간대를

결코 영원이라고 믿지 않는 이 미움을 나는 미덕으로
간주하기로 했어

도대체 왜 마지막 페이지는 모든 문장의 역사를 덮어야
하는 것인지

끝장을 보기 위해서는 왜 지나온 나날을 가둬 버려야
하는지

저 바깥에서 유일하게 움직이고 있는 달을 보며 이해할
수밖에 없었어

이 땅에서 나 역시 달을 섬기는 부족이었으므로

다만 소원을 비는 것이 아니라 길흉을 점치는 쪽이었으므로

그래 한때는 불길해지기로 했었어

못된 주문을 걸며 깨어나지 않기로 했었어

왜냐면 나는 한 무리의 낙엽이 몰려간 따스한 묘역에 대해 들은 바가 없었기에

곱돌의 달이 그어 놓은 참문을 알아채지 못했기에

그러나 문밖의 미래는 어쩌면 불사의 사랑 같은 것이다

오히려 풍경이라는 바깥은 살아 움직였던 것이고 나 여기서

폐기되어야 하는 파본의 기록쯤이었다고

정말 그런 일이 벌어질 것일까 기다렸다는 듯이 멀리서 요동치고 있을까

문을 열자 바람이 불어왔다

처음 보는 개벽이었고 어제 봤던 옆집 아이가 지나가는데 노인이었다

워낙

날씨 좋네라는 말의 의미는 살고 싶어였다
참기름 받으러 온 할머니와 방앗간 주인이 주고받은 대화가 그랬다

아침엔 벌레 내장을 열고 옷을 꺼내 미쳤다
거리엔 비가 내려 쓸쓸해야 했다 신고 나온 생선 대가리에 물이 샜다

마침 소 잡는 날이어서 정육점에 사람들이 모였고
피 듣는 부위에 환호한다
채끝살 살치살 부채살 갈비살 등심 안심 암나사 수나사 철심 강판 암반 코코넛
시장에선 뒤섞인 말들이 팔려 나간다

오늘은 파리 한 마리 안 보인다는 말을 오늘은 보름달이 뜨겠지로 들었기 때문이다

아무런 관계없는

돌탑을 쌓으며 무병을 기원하고
좌판을 새로 깔고 북어를 끼워 놓고
돼지머리 입에 만 원권 지폐를 꽂고
사주 넣은 함을 비단으로 싸매고

이미 종말 이후였고 끝자락에 사는 중이다

혈안

늘 가시권 너머를 찾아 헤매기에 못 미쳐서 미쳐 가는 중이다
최전방으로 몰린다는 것

피의 눈

어혈은 가로등보다 환하더라도
한밤중에는 어렵다 날이 샌다고 갈 길이 맞는지도 알 수 없어
불길하다 눈이 타오른다

한 가닥 실핏줄이라도 터져 점안식을 치르고서야 끝나 버릴 일

붉은 장미는 목을 늘인다

게슈탈트

단풍 든 은행나무 한번 감상하려는데
배경이 더 눈에 들어온다
웅장한 가지와 무성한 잎 좀 담고 싶은데
성긴 잎새 사이로 비치는 구멍하늘이 점점 선명해진다
얼마 전 백내장을 걷어 내서도 아니고
은행나무가 장엄하지 않아서도 아니고
천지간 나무만 보아선 나무를 볼 수 없어
너를 떠올리려는데 바다가 아른거리고
목소리를 더듬어 보는데 빗소리가 들린다
떼어 내면 불가한 것이다
앞날을 예견할 수 없는 건 앞날만 보려 했기 때문
불행하지 않으려면 불행을 들여다봐야 해
하지 말아야 할 것도 꼭 해야 하는 것도 다 금기인데
함께여야 한다는 금기를 깨트린 후천성 원시
밤에는 은행나무 윤곽이 짙어지고

가을이 완성되었다

옥탑방이 있었고 흐느꼈다

앞집에 옥탑방이 있는 걸 이제 보았다

고래가 해안에 올라와 죽었는데

눈물은 원래 밖으로 나와서 슬퍼한다

사람이 살지 않는 영혼은 별 가까이서 기거하고

창밖을 바라보다 나는 문득 한 채의 옥탑방

죽은 줄 알았는데 품은 것이다 그리고 목이 말라서

스스로 눈물이 된 신들이 흘러가다 어디든 괜찮아 멈추
었듯

불은 켜지지 않았다

오래 흐느꼈고 그걸 삼켜야 했다

이례적인

공기(工期)가 늘어지고 풍치가 도졌다 지정된 숙소를 동료들은 골방이라 불렀는데 새벽부터 이미 지친 몸이 더 골방이었다 들고양이라도 고아 먹어야겠다고 농을 치면서도 아무도 웃지 않았다 누가 나서느냐가 문제였다 이번 장마는 마가 끼었다는 말과 어쩌다 보니 살고 있더라는 말은 같게 들렸다 간단치 않지 자랑인 듯 야메로 이를 했다면서도 자못 진지한 걸 보면 원래대로의 복귀는 틀렸다 좀 더 그늘져서 좀 더 겁먹었거나 사나워져서 좀 더 헐겁고 늙어서 마감될 드문 경우에 속했을 뿐이라고 몽환처럼 드러누웠지만 딴엔 환몽이었다 갈수록 말수가 줄었고 습성만 남았다 몇몇은 한밤에 썩은 내 나는 배수로를 어슬렁거리기도 했다

사라진 편지

보냈는데 못 받았다 하고 반송되지도 않은 편지
등기로 보낸 게 아니어서 우체국에서도 알 수 없다는
그리 대단치도 않은 실종 사건이겠지만
발생 경위에 대한 모든 가능성을 추리해 보면 한 가지
사실은 분명하다

편지는 보낸 곳과 받는 곳 사이에 있다

인간계를 봐도
사멸이 알려지지 않았으면 살아 있는 것이다
그리움이 덜하여 잊었더라도 이 세상에 없다고 생각하
지 않듯이
생존에는 막연한 기대와 무지가 필요하다

그러니 덜 아는 자여야 한다
봄이 되어 꽃피지 않는 나무가 있어도 무심히 지나쳐
주고
어제까지 보이던 별이 보이지 않아도 소문내지 말고
올 때가 되었는데 오지 않는 사람이라도 평생을 기다려

야 한다

편지는 지금 너와 나 사이에서 기약 없는 여행을 하고
있는 중이다
길에서 길로 휴지통에서 쓰레기장으로
살아남는다면
행성과 행성을 넘나들고 삼생을 돌아갈 것이다
안부와 소식과 정념이 사라지기란 그렇게 간단치 않다

섬유유연제

습관처럼 넣는 이 액체가 올올이 통과하면
뻣뻣해야 하는데도 부드러워진다는 거지
한결 유순해진 모양새로
한풀 기가 꺾여 축 늘어진 채로 말라 간다는 거지

끝나기 직전까지 잠복했다가 전격적으로 습격하는 기
동대

직설을 날리고 싶어도
막상은 완곡해지는 혀와 허리의 비참한 문체

영혼만큼은 까칠한 표면을 유지하고 있을지도 모르지
포근한 손길로 쓰다듬어 주길 늘 바라거든

그러나 강도(强度)의 반대말이 없듯
유연으로의 강요는 늘 실패하고 말지
빨래를 할 때마다 이 액체를 넣는 이유는
다음 빨래를 할 때 다시 넣기 위해서고

처음부터 부드러웠다는 거지
기대치가 높아질수록 화석처럼 보였을 테지

이젠 고농축이 아니더라도 올올이 쓰다듬어 주길

중독되었다는 거지

향초

몸의 냄새는 다양한데

샴푸 냄새 비누 냄새 가글 냄새 화장품 냄새 같은 건
빼고

입 냄새 땀 냄새 아니면 다 뒤섞인 냄새라든지

홀아비 냄새 총각 냄새 시궁창 냄새 내게선 이런 냄새가
난다 하고

살냄새의 정체가 호르몬이나 과도하여 문드러진 고독일
수도 있겠지만

시취가 풍긴다고 하면 상황은 달라진다

오래된 사후의 냄새를 맡아 본 사람도 드물거니와

멀쩡히 살아 있는 몸의 냄새를 추측하는 방향이 죽음
너머로 향하고 있다는 것

목욕재계를 해야만 했다

죽어 가는 몸을 지닌 산 자에게 시취의 발원지가 한 톨
이라도 없을 리 없다

시취는 삭을 대로 삭아 썩은 냄새에 대한 악의적인 비유
였다고

잠시 정갈해진 밤에 자위해 보고

생전에 받았는지 출처가 생각나지 않는 향초를 피운다

냄새 입자를 끌어들이고 대신 은은한 향내를 흘린다
꽃향기가 나고 열매 냄새 퍼진다
몸이라는 심지를 이토록 향그럽게 하려면 얼마나 빨리
생몸으로 묻혀야 하는 걸까
몸의 냄새는 언제나 시취에 가까워진다
꽃피우고 열매 냄새 풍기려면
미칠 듯 타오르거나 극단의 속도로 썩어 가는 수밖에

미열

별의 온기쯤으로 여기고 사소하여
곧 사라지리라는 막연한 희망
애써 외면하면서도 며칠째 잉여의 체온을 껴안고 산다
위험치를 살짝 밑돌며 찰랑이는 불안한 수위
조금만 벌어져도 종말을 부르는 어떤 혜성의 궤도
수목 한계선이 세상의 끝인 나무들의 금기 저 너머
너무 소소하여 죽음에 이를 수도 있다
서서히 둑을 무너뜨리는 미세한 균열 미처 알아챌 겨를
도 없는
미온적 체위
끝내 임계점에 이르러 비등하거나 추락할 것이지만
가볍고도 불유쾌하게 달뜬 내게 날개는 준비되어 있지
않다
허망과 절망과 기망 오래일수록 남은 생기마저 빨아먹을
배반
그뿐일 것이라는 무심으로 연명하면서도
잠깐 피었다 지는 열꽃이라 불리면서도
영점오 도의 자존심 혹은 독기
네가 왜 왔고 언제 가 버릴 것인가라는 의문은 풀릴 가

망이 없다
　　미미의 고통 미미의 마수 미미의 현기증 노오란 미미
　　불가해한 미미 비동일성의 미미 미필적 고의의 미미
　　미미한 미미

행성의 새벽

잠이 들고 다시 이 마을이다
이정표는 올 때마다 바뀌었지만 늘 같은 길이다
지형이 낯설지 않으니 죽어 나간 자들이 머무는 곳이거나
한 번쯤 거쳐 온 여로였거나
생시에서는 미아의 마을이라 이름 지었다

태양 같은 별 주위를 맴도는 천체가 행성이다 벗어나지
못하고
지난 계절 밟았던 길을 한없이 되짚는 불문율
이 행성에선 누구나 삼십 킬로미터로 달린다
멀어져 간 날들과 다가오는 생애를 완상하기에 좋은 속도

끝내 마을을 헤어나진 못한다
노부부가 저녁밥을 지어 주느라 관솔에서는 구름처럼
연기가 피어난다
저 능선만 넘으면 도회지라며 웃어 보이는 입가에 경련
이 일었다
흐르지 않는 개울 짖지 않는 개 내려앉지 않는 새 활짝
핀 수국 아래 쌓인 눈

문득 이정표가 다시 쓰이고 있었다

잠시 머물다 가는 새벽노을 같았다
날이 새면 어김없이 나타나지만 이내 감겨 버리는 능선
위의 눈동자
좀 전까지도 빠져나갈 길은 보이지 않았으니 죽은 듯이
살아 있거나
내가 이 행성에 남겨진 것이거나
새벽에는 꼭 관솔 피우는 냄새가 풍겼다

기연

그러니 따져 보면 그해에 태어난 것부터 쳐 주어야 한다
이듬해 달에 착륙한 아폴로 우주선은 음모론에 휩싸였
지만
모든 처음은 언제나 끝의 방향으로 다가간다는 것

장마에 떠내려간 집에서 살아남았다거나 저수지 물을
다 빼냈어도 익사한 친구는 발견되지 않았다는 개인사를
새삼 들춰내지 않아도 나는 충분히 사후에 가깝다 교통사
고로 잃었던 기억을 다시 찾은 후에 나는 더욱 귀신에 가
깝다 내가 보인다면 내가 너를 보고 있기 때문이다

서로 마주 보고 앉아 있기까지 허투루 먹은 밥은 없다
횡단보도를 일 초라도 늦게 건넜더라면 그래서 막차를
타지 못했더라면

장고 내일을 향해 쏴라 사랑과 슬픔의 볼레로 어느 연
약한 짐승의 죽음 이런 영화 목록
폴모리아 악단 에디뜨 피아프 비치 보이스 스팅 그들의
음악

오마르 하이얌 안나 아흐마또바 앨런 긴즈버그 앤 색스
턴 실비아 플라스라는 영혼

그러니 따져 보면 나는 결국 여기 앉아 있어야 했다는 것

돌아가는 길에 우연히 꽃잎을 밟거나
그 후로도 천만번의 계절이 흘러가는 것조차
네 앞에 앉아 커피를 마시게 된 사소한 이유

구름이 지나갈 때

어느 밤의 꿈을 기록한 메모에는

수암 대가족 기차 오 층 식당 인도 카레 보험 설계사 그
리고
형인지 친구인지 아버지인지 뒤섞인 채 앉아 있는 사람

내가 겪은 일이었을 텐데
이야기는 지워졌고 아무렇지 않다

바다 쪽으로 구름이 지나가지만 지상에선 아무 일도 벌
어지지 않듯

그런가 산등성을 타고 흘러가는 구름 그림자
곧이어 숲을 휩쓸고 지나가는 바람의 대오

어제 내가 걸었던 길을 지금 걷고 있는 사람
어제 내가 말을 나눴던 카페에서 말을 나누고 있는 연인
괜히 우울해지는 오후의 벤치는 누군가 이별을 고했던
자리

끌린 듯 들어선 식당은 누군가 마지막 외식을 했던 식당

벌어진 걸 잊었으나 벌어지지 않았다면 여기 벌어지지
않을 것들

구름이 지나간다
마침 솜을 뚫고 비행기가 사라진다
마비는 아무래도 풀리지 않는다

예후

내가 잠깐 눈을 감았을 때

두 번째 달이 생기고 기린은 노래하는 나무가 되어 걸어
가고

다시 잠깐 눈을 감은 사이

날개 달린 인류가 나타나고 아파트는 궤도를 따라 떠다
니고

사막의 모래는 은하계의 모든 별을 거쳐 온 음악을 따라
부른다

*

물 위에 뜬 연꽃 날개 펼친 나비 강물에 번지는 물안개

새로 깔린 보도블록 담장에 그려진 거대한 해바라기 줄
지어 걸어가는 유치원생들

터널을 빠져나온 기차 출구로 쏟아져 나오는 승객 석양
을 삼킨 아스팔트

나는 방금 전 나타난 것처럼 이 거리를 걷고 있다

내가 아는 사람들이 하나씩 생각나고

내가 아는 사람들이 한 명씩 죽었다

목격자를 찾는 현수막 잃어버린 아이를 찾는 전단지 일
할 사람을 구하는 무가지

아침에 산에 올라가 내려오지 않는 등산객 잠이 들자
다시는 깨어나지 못하는 식물인간

연기 없는 화장터 끊임없이 지저귀는 이름 모를 새 아침
마다 눈 뜨는 환자들의 병원

내가 잠깐 눈을 떴을 때

*

오늘 하루는 경과가 좋아서 곧 비가 올 것 같습니다
당신은 어디로 사라졌다 다시 오곤 하는 건가요

어디서부터 오는 비인가요

바람 속의 벚꽃

이쯤 되면 꽃이 바람을 불러들인다고 봐야 한다
기다렸다는 듯 일제히 떨어져 내린다
바람을 타고 어디로든 휘날려 가는
제노사이드 인간계에서는 축제라 불리는 화우
화무십일홍의 꿈이란 풍장에 대한 긴 문장을 읽어 주는 일

동화가 끝날 때까지 우린 결코 잠들 수 없어요

자결에 이르도록 외로웠다
만화의 절정을 바람으로 마무리 짓는 저 화사한 종말
바람 속에서 꽃들은 내생을 적는다

이루어질지 알 수 없는 점문이지요 잠에서 깨어날지는
아무도 몰라요

살기 위하여 꽃은 바람을 불러들인다
비늘인 듯 바람결을 따르고 구름보다 빠르게 하늘을 뒤덮고

미친 사람 웃는 잇몸처럼 찢어지거나 섬뜩한
혹은 묵묵한 장례의 행렬

그러니까 이건 역사입니다 반복된다고 졸지 마세요

아무도 보지 않는 산속에서도 꽃은 진다
무서운 일이다

유서(柳書)

버드나무는 간데없고 조금 어린 버드나무가 서 있다

무성한 숲의 시대가 끝난 자리
수척했지만 바람을 끌어 모으거나 새들을 불러들이는
일은
신탁이기 전에 본능이다
수줍게 떠는 여린 가지의 필체

어떤 기록은 사라져 간 날들을 향한 호출이다

이 자리에 먼저 살았던 버드나무에게서
세상 너머로부터 번져 오는 듯한 물결을 느낀 것은 그
해 봄

그건 성애 같은 것
봄물 오른 가지를 타고 가늘고 가는 현음이 흘러내리는

바람을 만나지 않고서도
지중으로부터 길어 올린 음악 같은 것

시냇물 흐르는 방향으로 머리를 헹구면, 그 녹음

이별이란 또한 길고 긴 교신
온몸으로 받아쓰는 연서 혹은 외경

국도에 내리는 비

한 걸음 내딛으면 빗속이다
여기 언제부터 내리고 있었는가
물집을 만들어 놓고 기다렸다는 듯
서녘에는 해가 떠 있는데 이상한 국경이지 않냐는 듯
하늘로부터 쌓이는 비의 장벽은 무너지는 성채를 짓는다
여행은 끝내 집 앞에 이르는 일
떠나왔지만 제대로 된 길로 들어서기도 전에 늘 돌아서고 마는
마감 없는 고독 나는 언제부터 여기 격벽을 세워 두었는가
국도의 가로수는 불을 켤 줄 안다
가로등은 잎을 피우고 전봇대는 줄기를 늘어뜨린다
저렇게 뒤엉킨 자세로 비에 젖는다
나는 나에게서 너무 멀리 왔거나 한없이 가까워진 것이다
빗속으로 들어서는 국도는 낯설었으며
비가 그치면 함께 사라져 버릴지 모른다는 전율
미리 떠오른 무지개처럼 모든 여행자들은 망각을 상상하곤 곧바로 망각한다

한 걸음 내딛으면 비에 갇힌다

저 안에서 내다보면 아직 젖지 않은 바깥세상은 저녁을
맞이할 것이고

성마른 별들 떠오르고 나는

쓸쓸한 귀로에 접어들 것이다

여기가 몇 번째 와 본 국도인지 또다시 잊어버린 채

세계명작선집

명작이라지만 대개는 수 세기 동안 회자된 복수극
마지막 감잎이 초겨울 바람에 떨어지던 날 들여놓은 책
들은
철가면 몬테크리스토 백작 노트르담의 꼽추

사막에서 메마르다 바다를 건너며 간이 밴 번역으로
폭설을 견디다가는 보리싹이 돋아날 때까지 정악의 문
법을 섭렵하고야 만다

어머니는 복수의 세습을 원했을지 모른다

일련번호에 맞춰 책꽂이를 점령한 외래종의 권능
자루에 담아 내다 버린 후에도
끝없이 부활하는 헨젤과 그레텔과 장발장

삼총사의 나무칼을 휘두르며 놀다
먼 바다를 항해하는 뱃머리에 선 듯 보자기를 두른 채
뛰어다니면
눈 쌓인 들판에 쓰이는 신화기

비슷한 줄거리를 간직한 아이들은

비슷한 집과 비슷한 옷과 비슷한 밥상과 비슷한 어머니
를 공유하며 자랐고

누구나 명작이길 소원했지만 누구나 간택될 수는 없었다

흑백의 삽화처럼 남아 있는 세계적 묵독

삼십 촉 전구에 노랗게 젖은 책장을 넘기면

달에서 파도치는 소리가 들려왔다

적요의 계절은

죽거나 오래 살거나 끝내는 믿기지 않는 결말에 이르러
서야 깨어났다

화음(華音)

눈이 내리면 꽃피는 소리가 난다
천만 송이의 전생을 듣는다

소리 나지 않는 소리의 발화

무너져 가는 노을로부터 해바라기가 함구하는 소리를
들었으므로
나는 귀가 왜 꽃송이 모양인지 안다
모든 소리는 귀에서 난다

심장 뛰는 소리를 평생 품고 살기 때문이겠지
말로는 끄집어낼 수 없는 박동이 모세혈관까지 몰려갔
다가

새와 만나면 지저귀는 소리가 되고
빗방울에 젖으면 빗소리가 되고

가재 잡던 시내가 없어졌으므로 간지러운 시냇물 소리
귓가에 울리고

세상에서 사라져 간 이들의 울음 웃음 한숨 내 이름 부
르던 목청 듣지 못하므로 더 또렷이 맴돌고

심장에 뿌리를 내렸으므로
눈 내리면 꽃피는 소리가 피어난다

양탄자

양탄자가 하늘을 날 수 있다는 건 알아

문제는 언제냐는 거지

마룻바닥에 착륙한 지 얼마나 되었는지는 모르는 게 좋아

아찔하거든 아무도 해석할 수 없는 만다라가 수놓인 때 부터였을 거야

희망적이긴 해 몰래 정말 몰래 힐끗거리며 감시했거든

지켜보는 줄 알면 뱃가죽을 꿈틀거리다가도 멈칫하는 거야 주름진 게 아냐

아침 햇살이 닿을 때면 태양과의 직선거리를 재 보기까 지 해

먼지를 피워 올리며 항로를 가늠하는 거지

어느 날은 전에 없던 별자리가 새겨져 있었어

김칫국물로 가장하였지만 결코 지울 수 없었던 고향별이 었겠지

그날은 흐느껴 우는지 어깻죽지를 들썩이더군

아팠던 것일까 이렇게 납작한 상처의 딱지는 언제 떨어 져 나갈 수 있을까

사실 네 다리로 짓누르고 있는 탁자를 들 힘이 없어서

가 아니라

　무심한 중력을 이겨 내지 못해서가 아니라

　밤하늘 창문을 활짝 열어 놓은 채 잠들어도 날아가지 않는 것은

　기다리고 있기 때문이었던 거였어

　세상의 모든 양탄자들이 동시에 날아올라야 했던 거였어

　구름을 헤치고 달의 지평선 너머로 치솟는 마법은 지상에 남겨져서는 안 되거든

　고요한 목덜미를 쓰다듬으며 딸에게

　하늘을 나는 양탄자 얘기를 읽어 주던 날 알았지

　바람결에 떨듯 아니

　소름이었어 한 올 한 올 보풀이 돋아나고 있었지

도착 혹은 도착

이 길로 고래가 지나갔다 안쪽으로 휜 가로수들
곧장 걸으면 다다른다고 했다
담장에 그려진 벽화의 아이들이 재잘거리는 입 모양에
도 솔깃하여
어느 문설주에 걸린 풍경 부르는 소리에도 혹하여
가다 보면 아까 들어선 길목 봄꽃 피었던 화단에 국화가
담겨 있다
너무 늦었거나 너무 일렀는지 모른다 담장을 돌아서면
커피 향 그윽한 카페가 수줍은 듯 앉아 있다
고래가 묵어 간 해안선이 끝없이 펼쳐져 있다
수천의 사계가 한꺼번에 흐르고 있거나 달이 묻혀 있을
것이다
이 길을 찾아 나서려면 알고 있는 길을 모두 버려야 한다
도착은 결코 돌아서지 못하는 중독
수없이 가 본 적 있어도 계속해서 가야만 하는 불치
섬이나 국경이나
수목 한계선을 넘어선 철새들이 다시 수목 한계선을 향
해 날아야 하듯
너에게 무수히 도착했어도 새삼 도착해야 했다

길의 끄트머리에서 또 다른 길을 맞닥뜨리는 절망이라
도 만나기 위하여

좌표를 잃고 어느새 은하계의 가장자리를 맴돌지라도

극려

바람의 상량만으로 겨울나무는 동안거에 들었다
어렴풋이 떠오르는 동화의 마지막 장면이었다

다락에서 나는 몇 마리의 시계를 죽였다
낱낱이 분해했지만 다시는 조립되지 못한 시대에 존 레
논이 죽었고 평행우주론이 받아들여졌다 일천구백구십구
년을 넘기고도 대부분의 종말론자들은 살아남았다
지금쯤 다락은 전축과 태엽과 워크맨과 레코드와 잡지
와 신문 더미를 묻은 채 어느 정토를 떠도는 구름
잃어버린 날들은 열반에 들었으므로 후생이 없다

서로를 꿈꾸며 겨울나무는 똑같은 표정으로 서 있다
저들은 세상에 속해 있지 않다
이 풍경이 내게 남아 있는 최후의 추억이다
태양력은 이런 식으로 반복된다

그렇다면 지나간 시간은 사라진 것인가요 당신이 남아
있지 않습니까 기억이 없습니다 언제 들었는지 모르는 동
화가 있죠 내가 책 속에 살고 있다는 말인가요 다시 시작

되었다는 겁니다 비극은 없는 건가요 없다면 비극이죠

구름에서 설형의 문자가 쏟아져 내렸다
신의 서명이 상량에 새겨지고 있었다

아름다움의 궤도

조대한(문학평론가)

나는 네게 복제된 증상이다

이십여 년 전 발간된 윤의섭 시인의 첫 시집 『말괄량이 삐삐의 죽음』 뒤표지에는 그림이 하나 그려져 있다. 그것은 시간과 공간을 축으로 하는 그래프이다. 대강의 모습은 이렇다. 삶이라고 적힌 출발점에서 시작된 그래프는, 시간이 상승함에 따라 기억의 체적을 넓히듯 공간을 늘려 간다. 그러다 어느 정점에 이르면 자신이 쌓아 온 시간을 잃어버리는 것처럼 다시 하강하여, 죽음이라 적힌 지점에 다다른다. 시공간의 증감을 그리고 있는 이 곡선의 자취는 마치 삶과 죽음의 순환 하나를 압축하여 보여 주는 듯하다.

보다 흥미로운 것은 이 원형의 그래프가 여러 개 겹쳐

있다는 점이다. 도면에는 일정한 x축의 범위 안에, 다시 말해 한 사람의 삶의 크기에 해당될 만한 일정한 공간의 범위 안에, 각기 다른 시간 값을 가진 몇몇의 원들이 층층이 그려져 있다. 콘 위에 동그랗게 쌓아 올려진 아이스크림, 혹은 층마다 겹겹이 쌓은 돌탑을 그대로 눕혀 평면에 재현했다고 상상하면 편할 듯싶다. 그러니까 하나의 존재 속엔, 별도의 시간을 살아가는 여러 개의 삶과 죽음이 겹쳐져 있다고 시인은 생각하는 것 같다. 그리고 이는 이전부터 일관되게 반복되어 온 시인의 세계관이기도 하다.

시집 한 권을 축소된 세계의 일종이라고 말할 수 있다면, 복수의 시집을 발간한 시인에게는 이미 해당 숫자만큼의 세계가 켜켜이 쌓여 있을 것이다. 그 누적된 시간을 언급하지 않고 여섯 번째 시집을 상재한 시인의 작품을 이야기하긴 어려울 것 같다. 이전의 세계와 접해 있으면서도, 또 조금은 다른 궤도를 그리고 있는 이번 시집의 삶과 죽음은 과연 어떠한 모습일까.

그러니까 나는 네게 복제된 증상이다

비접촉으로도 너의 고통과 결합하는 방식

물들기 쉬운 내력을 앓고 있었으므로 너는 다시 내가 불러낸 처음

어느 살점 속에 말없이 뿌리내리다 떠나가는 유목은 흔적을 남기지 않지

치명적이더라도 내게만 머물기 바라는 난치의 기억

내게서 자라나다 내 안에서 죽어야 하는 너라는 병

전이의 경로를 따라가 보면 달처럼 맴돌았다는 진단이 나
올 것이다

한때 월식이 있었고 해독하기 힘든 천문이 새겨졌을 것이다

온몸으로 퍼지는 불온한 증여를 들여다본다

여기에 어떤 병명을 갖다 붙여도 가령

빗방울에 스민 구름 냄새라든가

단풍나무가 머금은 햇볕의 온기라든가

어쩌면 네게서 너무 멀어져 알아내기 힘들지라도

나는 지금 징후와 후유증 사이의 중간계를 통과하는 중
이다

　　　　　　　　　　　　　　　　　　　—「감염」에서

이 시집의 첫 번째 시 「감염」이다. 작품 속의 '나'는 어떤
병에 걸려 있는 것처럼 보인다. 그 병을 내게 옮겨 놓은 이
는 아마도 '너'인 듯싶다. 나는 너와 접촉하지 않고도 질환
의 고통을 고스란히 옮겨 받았다. 그것이 "치명적이더라도
내게만 머물기 바라는" 나의 고백과, 내 안에서 커져 가는
"너라는 병"의 표현 등으로 미루어 보아, 어쩌면 그 병은 사
랑에 대한 비유로 읽힐지도 모르겠다. 독특한 것은 내가 병
을 앓기도 전에, 이미 그 고통을 감각하고 있었다는 점이
다. 이별의 아픔을 예감하면서도 사랑에 빠지는 동화 속

주인공처럼, 나는 네가 건넨 질병을 순순히 받아들인다.

시집 전체를 예견이라도 한 듯, 서두에 실린 해당 시편 이후로 질병과 관련된 시적 상황과 징후들이 자주 등장하곤 한다. 생이 긴 발작(「파편」)이라 여기는 시인은, 병상에 앉아 무력하게 창밖을 바라보거나(「불미」), 치유되지 않을 상처의 집에서 기숙하듯 삶을 살아가고(「내상」) 있다. 이 병의 정체를 조금 더 자세히 살펴볼 수 있는 작품으로 「비문증의 날」이라는 시편이 있다. '비문증(飛蚊症)'이란, 혼탁해진 유리체로 인해 눈앞에 작은 모기나 날파리가 날아다니는 듯한 느낌을 받는 증상을 일컫는다. 다만 '나'가 겪고 있는 병의 증상은 모기라기보다는, 문자가 날아다니는[飛文] 쪽에 가까운 것 같다. 어디에서 나타났는지 기원을 알 수 없는 문자들은 망막에 새겨져 나의 눈앞을 아스라이 떠다니고, 읽으려 들 때마다 "잡히지 않는 암호"가 되어 이내 흩어져 버린다.

나는 그 "동공에 떠다니는 점문"들을 "꿈속에서만 읽을 수 있"다. 마치 별도의 언어 체계와 기억을 지니고 살았던 사람들처럼, 나의 내생과 현생은 꿈과 현실을 사이에 두고 맞닿아 있는 듯 보인다. 이 작품을 포함해 시집에서 종종 등장하는 '나비'라는 소재는 그 의심을 더욱 짙게 만든다. 그러니 지금 눈앞에 떠다니는 문장들이 현재의 나에게 속한 것인지 혹은 너머에 있을 너의 글을 잠시 훔쳐본 것인지 나는 명확히 알 수 없다. 아니 시인에게는 나라는 존재

자체가 "주어가 불투명한 비문(非文)"에 불과한 듯싶다.

물론 그 병의 징후들은 눈앞에 글자가 떠다니는 증상 외에 다른 모습으로도 나타난다. 그것은 빗방울에 스민 석양의 구름 냄새, 단풍나무가 머금은 햇볕의 온기, 이따금 떠오르는 달의 기억 등 다양한 형태로 감각된다. 이렇게 보면 시인이 앓는 병은 그가 쓰는 시와 거의 같은 것으로 읽히기도 한다. "나도 모르는 생"(「신비」)의 장면들은 시인에게 "늘 앓던 증상"처럼 익숙한 것이어서, 그는 잠시 살펴본 이계의 편린들과 발작처럼 드러나는 너의 징후들을 복제하듯 받아 적는다.

해독하기 힘든 천문의 그림

이면에 존재하는 생의 실존을 믿는다는 점에서 윤의섭 시인은 일종의 신비주의자일지도 모르겠다. 실제로 시집 『어디서부터 오는 비인가요』에는 신비성과 관련된 여러 작품들이 담겨 있기도 하다. 잘 알려진 것처럼, '신비(mystic)'라는 단어는 눈과 입을 닫는다는 뜻의 그리스어 'mystikos'를 기원으로 두고 있다. 그것은 일반적인 눈의 감각으로 경험되지 않고 입으로는 표현할 수 없는 어떤 불가해성을 함축하는 어원이기도 할 것이다. 사상사적으로는 14세기를 전후로 나타났던 독일 신비주의 철학을 주목할 만하다. 당시 신적 존재와의 직접적 합일과 신비적인 직관을 중요시 했던 에크하르트, 타울러 등은 현재의 인지적 능력으로 파악되지 않는 저 너머의 무언가가 존재할 것이라 확신했다.

「신비주의자」라는 작품이 있다. 시 속에서 '나'의 주변 사람들은 "내가 신비주의자라는 사실에 동의"하는 것처럼 보인다. 그것은 선뜻 찬성하기 힘든 말을 해 대는 나의 습성 때문이기도 하고, 다른 이들이 보지 못하는 것을 볼 수 있다고 우기는 나의 믿음 때문이기도 하다. 내가 바라보는 것은 창밖의 "감나무"인데, 시간이 지나면서 그 감나무는 잎을 떨어트리고 제 몸의 색을 바꾸어 간다. 기이하게도 나는 그러한 감나무에게서 이유 모를 동질감을 느낀다. 그 감각은 감나무와 내가 일생 동안 "천천히 숙성되어 왔다는" 혹은 "서서히 썩고 있었다는 불쾌한 시간성"의 감각이다. 까치에게 마지막 남은 열매의 속살을 내어 주며 겨울을 향해 가는 감나무처럼, 시인 또한 자신의 무언가를 조금씩 소진해 가며 한 생의 끝자락으로 나아간다. 그렇게 꽉 채웠던 현생의 시간과 기억들을 모두 덜어낸 이후에야, 너머에 놓인 진실된 어딘가로 건너갈 수 있다고 시인은 믿고 있는 듯하다. 그 횡단의 경험을 그는 다음과 같이 표현한다. "핍진(乏盡)했다/ 그러므로 핍진(逼眞)했다".(「신비」)

사실 여러 자연물의 풍경과 자신의 삶의 주기를 나란히 배치해 놓는 방식은 시인의 작품 세계에서 그리 낯선 일은 아니다. '미친 듯이 궤도를 도는 붉은 달'을 그릴 때부터,

그는 늘 차고 기우는 "달을 섬기는 부족이었"(「문을 열자 바람이 불어왔다」)던 것 같다. "항상 바뀌는 날씨는 사람의 일생과 닮았"(「흐린 날에 갇혀」)다 생각하는 시인은 변화하는 기후와 날씨에서 자신의 운명의 징후를 손수 짚어 낸다. 그 과정에서 특히 자주 사용되는 소재는 비, 눈, 구름, 안개 등이다. 그 소재들이 반복적으로 사용되는 까닭은 기억의 체적을 채우고 비워 가는 한 존재의 생의 주기와, 상태 변화를 이루며 상승과 하강을 반복하는 물방울의 순환이 어딘가 닮아 있어서는 아닐까. 그것들은 각기 별개의 밀도를 지닌 물질들이지만, 희미한 분자적 연속성을 지니고 있기도 하고, 임계점을 공유하듯 서로 다른 생애의 접촉면을 공유하고 있기도 하다. 시집의 제목처럼 어디서부터 내리는지 알 수 없는 빗줄기 속에서, 시인은 미약하게 남아 있는 그 전생의 인력을 느꼈던 것인지도 모른다.

　이 몇 장의 그림 속에 일생의 전모가 들어 있다
　그림을 고른 건 나라고 책임을 전가해도
　다가오지 않은 날들의 풍경이 고대부터 그려졌다는 거

　조금 무서워요

　아까부터 들려오는 음악은 사계였다
　가을쯤에서 무너질 수 있다고 낙엽 같은 카드를 읽는다

떠나보낼 수 있다는 예언

생기지도 않은 일을 부정하는 건 생겼던 일을 부정하는 것
이고

창밖엔 장대비였다 빗줄기로 지워진 길에 물길이 생기고 다
시 지워지고 다시 그려지는 미래라면 내가 지워 버린 무수한
길은 숙명이며 숙명이 아닌 일방통로

그날

새소리가 들리면 좋겠다 싶었는데 새소리가 들려왔다

—「카드」에서

위의 시편에서 '나'는 자신이 뽑은 카드를 읽고 있다. 주
위로 사계절에 관한 음악이 들려오고 창밖엔 장대비가 쏟
아져 내린다. 조금은 스산한 분위기 속에서, 내가 고른 카
드의 그림은 어딘지 상서롭지 못한 것처럼 보인다. 푸르렀
던 잎이 떨어지듯, 나는 자신의 삶 또한 "가을쯤에서 무너
질 수 있다고 낙엽 같은 카드"의 점괘를 읽는다. 실제로 카
드는 오래전부터 단순한 놀이가 아니라, 길흉화복을 예견
하는 점복 도구로 활용되어 왔다. 내가 뽑은 카드엔 "다가
오지 않은 날들의 풍경이 고대부터 그려"져 있었고, 그래서
인지 카드의 그림은 내 일생의 모습과 더욱 닮은 듯 느껴지

기도 한다.

비평적 신비주의자 또는 메시아적 유물론자라는 모순된 호칭이 잘 어울리는 독일의 평론가 베냐민은 「유사성론」이라는 글에서, 점성술에 관해 언급한 적이 있다. 그는 천체 속 별자리의 배치와 우연한 인간의 운명 사이에서 유비 관계를 찾아내는 점성술이, 인간의 가장 뛰어난 능력이 발현된 사례 중 하나라고 말했다. 번뜩이며 사라질 유사성의 섬광을 포착하여 붙들어 놓는 그 능력은 근대로 넘어오며 점차 퇴화되었지만, 그럼에도 그것이 가장 잘 보존되어 있는 매개는 '언어'일 것이라고 베냐민은 이야기한다. 그러니 원인 모를 기시감의 증상이 문자의 형태로 시인의 눈앞에 날아오는 것은 당연한 일일지도 모르겠다. 어쩌면 그에겐 지금은 희미해져 버린 그 전대의 능력이 격세 유전되어 발현된 것은 아닐까.

불길한 천체의 운행과 불우한 나의 운명, 시들어 가는 감나무와 점차 사그라드는 나를 맞닿아 놓는 것만으로 달라지는 일은 아무것도 없을 것이다. 하지만 그 광경들을 언어로 바꿔 놓는 순간, 그 발화는 종말의 '묵시록'처럼 모종의 예언적인 힘을 발휘하기도 한다. "생기지도 않은 일을 부정하는 건 생겼던 일을 부정하는 것"과도 같은 일이어서, 아무것도 없었던 나의 삶이 다른 존재와 언어의 끈으로 묶이는 순간, 그것은 유형의 운명을 생성해 낸다. 시인이 느꼈던 모호한 동질감과 기시감이 진실인지 아닌지 명확히 판

단 내릴 수는 없을 것이지만, "십의 마이너스 십이승의 십분의 일이 되는 수"(「모호」)인 '모호'가 "적어도 아예 없을 일은 아닌" 숫자인 것처럼, 시인이 포착했던 감각 또한 우연하고 이질적인 이 세계 속에서 무언가 있다고 말할 수밖에 없는 희미한 인과의 감각인 것 같다.

징후와 후유증 사이의 아름다움

다시 처음의 그림으로 돌아가 보자. 그래프 속 겹겹이 쌓아 올려진 동그라미들은 각자의 궤도를 돌며, 삶과 죽음으로 이루어진 하나의 순환을 완성해 냈다. 이때 별개의 시간을 공전하던 원의 자취들은 유일하게 한 접점에서 스치듯 가까워진다. 월식이라도 일어난 것처럼, 두 개의 원이 맞물려 한 생의 궤도와 다른 생의 궤도가 겹쳐지는 그 순간은 현실과 꿈의 경계가 잠시나마 무화되는 순간이기도 하다. 현생에 몸담고 있는 시인이 이계의 징후를 포착하여 시를 발화하는 순간은 바로 이때가 아닐까 싶다.

그러므로 서두의 시에서 표현된, 내가 달처럼 맴돌다 감염되어 버린 "너라는 병"은 사랑에 대한 직접적인 알레고리라기보다는, 아무래도 현생으로 잠시 옮겨 온 다른 세계의 기억에 가까운 것 같다. 잠깐 동안 마주친 그곳의 풍경에 쉽게 매혹되어 버린 시인은, 마치 원래 있어야 할 천국에서

쫓겨난 난민인 양 다시 그곳으로 돌아가기 위해 애써 궤도 위에 오른다. 나는 "별을 보며 뱃길을 찾던 어부처럼"(「성간」), "너라는 별"과 "다시 귀환해야 할 성간" 사이를 떠돌듯 헤맨다. 하지만 이미 살펴본 것처럼 각자의 궤도를 맴도는 너와 나의 생은 그저 한 순간의 접점에서만 만날 수 있을 뿐이고, 그마저도 둘 사이엔 "끝내 좁힐 수 없는 접경지대"가 놓여 있다. 징후와 후유증 사이에서, "미래에 있었던 것"(「신비」)들과 "다가올 과거" 사이에서, 그 찰나의 순간에 대한 예감과 이미 벗어날 수 없는 예속 사이에서 시인의 시는 진동하듯 탄생한다.

바람의 상량만으로 겨울나무는 동안거에 들었다
어렴풋이 떠오르는 동화의 마지막 장면이었다

다락에서 나는 몇 마리의 시계를 죽였다
낱낱이 분해했지만 다시는 조립되지 못한 시대에 존 레논이 죽었고 평행우주론이 받아들여졌다 일천구백구십구 년을 넘기고도 대부분의 종말론자들은 살아남았다
지금쯤 다락은 전축과 태엽과 워크맨과 레코드와 잡지와 신문 더미를 묻은 채 어느 정토를 떠도는 구름
잃어버린 날들은 열반에 들었으므로 후생이 없다

서로를 꿈꾸며 겨울나무는 똑같은 표정으로 서 있다

저들은 세상에 속해 있지 않다
이 풍경이 내게 남아 있는 최후의 추억이다
태양력은 이런 식으로 반복된다

그렇다면 지나간 시간은 사라진 것인가요 당신이 남아 있
지 않습니까 기억이 없습니다 언제 들었는지 모르는 동화가
있죠 내가 책 속에 살고 있다는 말인가요 다시 시작되었다는
겁니다 비극은 없는 건가요 없다면 비극이죠

구름에서 설형의 문자가 쏟아져 내렸다
신의 서명이 상량에 새겨지고 있었다

—「극려」

위의 시편에서 '나'에게 남아 있는 장면은 크게 두 종류
인 듯하다. 하나는 겨울을 맞이한 나무들의 모습이 담긴
장면이다. 그들은 각자의 자리에 머무르는 행성들처럼, 서
로를 꿈꾸며 따로 서 있다. 그 겨울나무들의 모습은 내가
가지고 있는 "최후의 추억"이자 언제 들었는지도 모를 "동
화의 마지막 장면"이다. 또 하나는 다락에서 죽어 간 시간
들이 그려져 있는 장면이다. 그곳에서 나는 "전축과 태엽",
"워크맨과 레코드", "존 레논" 등을 죽였고, 그렇게 낱낱이
분해된 시간과 기억들은 이제 "잃어버린 날들"로 화하여 나
의 삶에서 사라져 버렸다. 이 두 장면이 교차된 이후에야,

나는 누군가에게 지나간 시간과 사라진 기억에 대해 질문을 던진다. 그는 나에게 당신의 또 다른 생은 책 속에서 다시 시작될 것이라고 답한다. 내 삶의 용적을 채웠던 다락의 기억들은 모두 사라졌지만, 태양력의 시작과 끝이 맞물리듯이 나의 삶은 동화책의 마지막 장면을 기점으로 하여 다시 시작되려는 것 같다.

한편 그 시작과 끝에 놓여 있는 또 다른 시어는 '상량'이다. 시의 초입에 등장하는 상량은 우선 서늘하다는 뜻의 '상량(爽涼)'일 수도 있다. 바람과 어울리는 이 단어는, 가을을 지나 겨울에 근접해 오고 있는 계절감과 꽤 어울리는 시어이기도 하다. 하지만 시의 끄트머리에 등장하는 상량은 서명이 새겨진다는 표현으로 미루어 보아, 마룻대를 의미하는 단어 '상량'(上樑)임이 틀림없는 것 같다. 상량은 집을 지을 때 서까래와 지붕을 올리기 전에 얹는 마지막 뼈대여서, 예부터 매우 특별한 취급을 받았다. 사람들은 이 커다란 마룻도리를 얹을 때, 그곳에 따로 축원의 글귀를 적거나 새기곤 했다. 그렇게 문자가 각인된 상량은 집을 수호하는 성주신이 되어 독립된 존재처럼 취급받았다. "설형의 문자" 또한 새로운 삶이 시작된 겨울나무 표면에 "신의 서명"처럼 새겨져, 새로운 존재의 탄생을 언명하고 있는 듯하다.

새로 시작된 겨울나무의 생이 여전히 신비스럽게 느껴지는 것은 현실의 기억과 인지 능력으로는 더 이상 접근하지 못할 영역에 그것이 속해 있기 때문일 것이다. 어렴풋이 떠오르는 동화책의 한 장면은 시인의 민감한 감각으로 형상화될 수는 있겠으나, 우리는 끝내 그 안으로 들어가 함께할 수는 없다. 독일 내 저변에 깔려 있던 신비주의에 대해, 칸트는 이성적인 언어로 설명될 수 없는 몽상이라 말하며 일정 부분 비판적 태도를 취했지만, 인간이 인지할 수 없는 무언가를 완전히 부정하지는 않았다. 오히려 그는 현상 세계에서는 감각할 수 없는 너머의 세계를 상정해 두고, 그것을 자신의 철학적 논의에 끝없이 다가가는 데 형이상학적인 전제로 삼았다. 이 논의의 틀을 잠시 빌려 본다면, 어딘가로 되돌아가려는 시인의 발자취 역시 끝내 다가갈 수 없는 곳을 향해 있는 점근선에 가깝지 않을까. 그러니까 시집 서두에 적힌, "창문에 비친 목련은 아름다웠으나" 동시에 "아름답지 않았다"는 「불미」의 문장은 이제야 설핏 이해가 된다. 창문에 비친 목련의 자태는 분명히 아름다우나, 감각되지 않는 경계 너머의 그 목련은 온전히 아름답지 않기도 하다. 하지만 '불미'에서 '극려'로 나아가는 이 시집의 궤적처럼, 시인은 아름답지 못한 현실에서도 너머의 세계를 엿볼 수 있는 곳으로 끊임없이 나아가려 한다. 그 접촉의 순간은 잠시뿐이지만 "비의 사막에 살며 유리창에 소라귀를 대 보는"(「고비(苦悲)」) 그의 노력 덕분에, 우리 또한 창문 너머에서 울리는 미려한 빗소리를 들은 듯싶기도 하고 상량에 새겨진 아름다운 신의 필적을 잠시나마 훔쳐본 것 같기도 하다.

지은이   **윤의섭**
1994년 《문학과 사회》로 등단했다.
시집 『말괄량이 삐삐의 죽음』, 『천국의 난민』, 『붉은 달은
미친 듯이 궤도를 돈다』, 『마계』, 『묵시록』이 있다.

어디서부터 오는 비인가요

1판 1쇄 찍음 2019년 11월 1일
1판 1쇄 펴냄 2019년 11월 8일

지은이 윤의섭
발행인 박근섭, 박상준
펴낸곳 **㈜민음사**

출판등록 1966. 5.19. (제16-490호)
서울특별시 강남구 도산대로1길 62(신사동)
강남출판문화센터 5층 (06027)
대표전화 02-515-2000 / 팩시밀리 02-515-2007
www.minumsa.com

ⓒ 윤의섭, 2019. Printed in Seoul, Korea

ISBN 978-89-374-0884-7 04810
      978-89-374-0802-1 (세트)

민음의 시

민음의 시
목록